가면의 기사

김형신 퓨전 판타지 소설
FUSION FANTASTIC STORY

The Knight of
Mask

가면의 기사 6

김형신 퓨전 판타지 소설

초판 1쇄 찍은 날 § 2008년 1월 4일
초판 1쇄 펴낸 날 § 2008년 1월 14일

지은이 § 김형신
펴낸이 § 서경석

편집장 § 문혜영
편집책임 § 최하나
편집 § 이환진

펴낸곳 § 도서출판 청어람
등록번호 § 제1081-1-89호
등록일자 § 1999. 5. 31
어람번호 § 제1-0935호

주소 § 경기도 부천시 원미구 심곡1동 350-1 남성B/D 3F (우) 420-011
전화 § 032-656-4452 팩스 § 032-656-4453
http://www.chungeoram.com
E-mail § eoram99@chollian.net

ⓒ 김형신, 2007

ISBN 978-89-251-1113-1 04810
ISBN 978-89-251-0826-1 (세트)

Contents

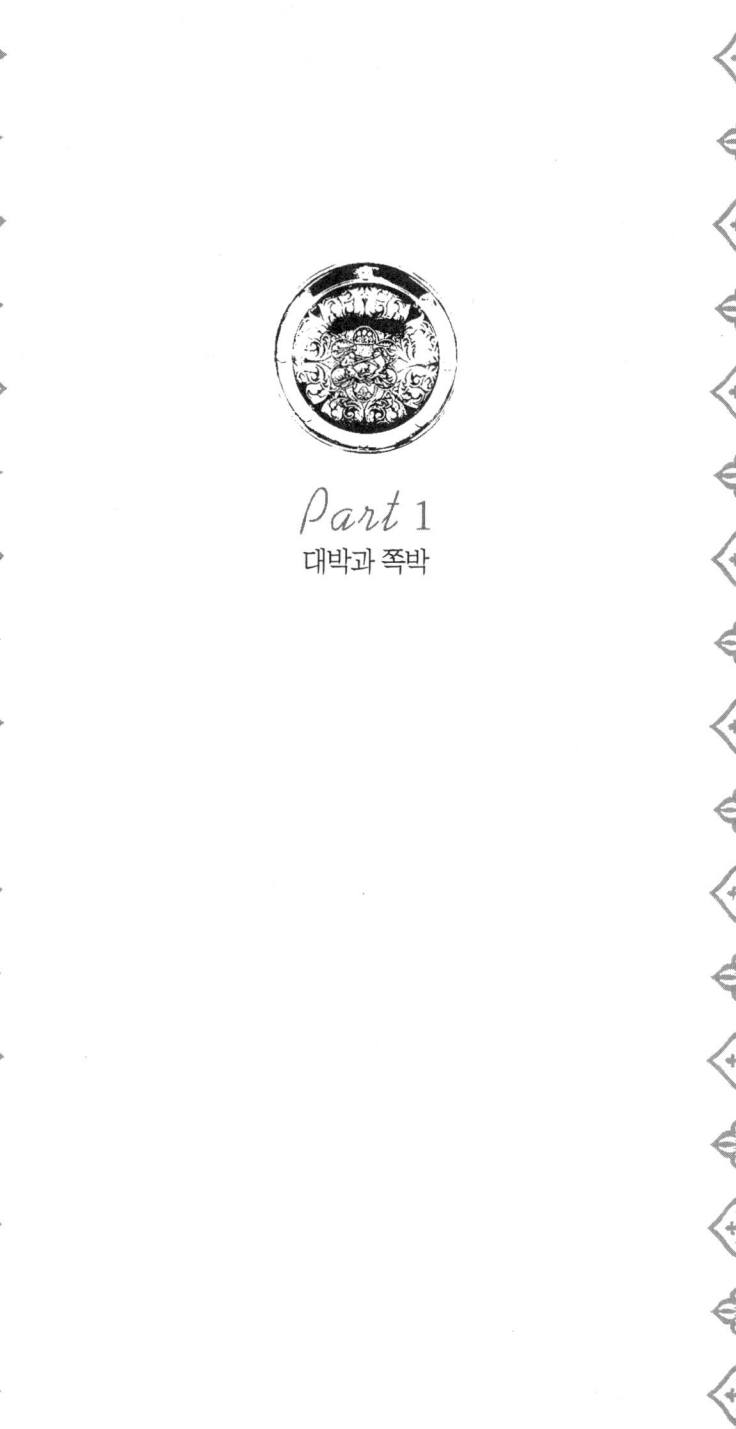

Part 1
대박과 쪽박

The knight of mask

　칠흑보다 짙은 머리카락과 눈동자에 신비스러운 빛이 흐르는 듯한 사내는 190㎝의 키와 떡 벌어진 체격을 갖추고 있었다. 더불어 딱 달라붙은 검은색 옷으로 인해 드러난 근육은 평범한 자가 아니라는 것을 알려줬고, 뾰족한 귀 모양이 그가 엘프라는 사실을 대신 말하고 있었다.

　아니, 정확하게 말하자면 엘프와 마신의 피가 흐르는 자! 바로 혼드였다.

　"자네는 누구지?"

　눈류는 속으로 실소를 흘렸다.

　찾아온 자가 혼드임에도 불구하고 자신이 질문을 받고 있었다.

'당연한 것이겠지. 생각을 조금만 한다면 일부러 소문을 흘리고 있다는 사실을 알아차렸을 테니.'

눈류는 혼드의 깊고 깊은 지옥의 심연 같은 눈동자를 응시하다 마리나에게 시선을 한 번 던졌다. 마리나는 나무로 만든 침대에서 곤히 잠을 자고 있었는데, 그곳으로 향한 혼드의 눈동자가 살짝 떨렸다.

"혼드님이십니까?"

"그렇다. 인간이 어떻게 나를 알고 있는 것인가? 그리고 마리나를 어찌 네가?"

'호오, 마리나를 알아?'

혼드의 몸에서 살기가 살짝 풍겨졌지만 눈류는 내심 태연한 척하며 그를 안으로 안내했다. 언제까지 문 앞에 서서 얘기할 수는 없는 노릇이기 때문이다.

그러자 혼드는 잠시 생각에 잠기더니 곧 눈류를 따라 방 안으로 들어왔다. 그리곤 마리나와 근접한 곳에 있는 낡은 목재의자에 앉으며 눈류에게 대답을 재촉했다.

"내가 물었다. 어서 대답해라."

'이거 위험하군.'

눈류의 얼굴에서 웃음이 사라졌다.

살기의 농도가 점점 짙어지더니 이제는 숨을 쉬기도 힘들정도로 강렬해졌기 때문이다.

'하지만 마리나는 괜찮아 보인다.'

눈류는 그 점에 놀라워하고 있었다.

마나를 일으켜 보호하고 있음에도 불구하고 온몸이 덜덜 떨리고 있었다. 그런데 마리나는 아무 일도 없다는 듯 여전히 편안한 얼굴로 잠이 든 상태. 그 말인즉 자신에게만 이 등골이 오싹한 살기를 발출하고 있다는 것이었다.

살기만으로도 능력의 끝을 알기 힘들 정도인데, 자신에게만 결계를 친 듯 발휘할 수 있다니! 어느새 눈류의 손에 땀이 촉촉이 배어들었다.

"루운 장로님의 부탁이었습니다."

사아아아아.

눈류의 입에서 루운의 이름이 나오자마자 바늘처럼 콕콕 쑤시던 살기들이 흩어졌다.

"루운이?"

"그렇습니다."

눈류는 그때서야 안도의 한숨을 내쉬며 얘기를 시작했다.

루운이 부탁한 것만 말해도 되었지만 눈류는 혼드의 검에 관한 얘기부터 시작했다.

두 가지 이유가 있었다. 첫 번째는 혼드가 직접 만든 검의 봉인을 푼 자가 자신이라는 사실을 알리기 위함이었고, 두 번째는 앞에 일을 빼놓고 설명한다면 어떻게 루운과 알게 되었냐는 질문을 할 것 같았기 때문이다.

엘프들은 인간과 가까이 하지 않기에.

"그런 일이 있었다는 말인가?"

눈류를 향한 혼드의 눈빛에서 적대감이 사라졌다.

"네. 그래서 저는 야르와 함께 이곳을 찾아오게 되었고, 혼드님을 찾기 위해 일부러 소문을 퍼뜨리곤 이곳에서 기다렸습니다."

"그렇군. 좋은 생각이었어. 만약 다른 곳으로 이동했다면 내가 찾을 수 없었을 테니. 그런데 야르라면… 그 메기 말인가?"

"아시는군요."

혼드는 실소를 터뜨렸다.

"50년 전에 루운을 한 번 찾아간 적이 있었지. 그때 야르를 보게 되었어. 놈이 웃을 때 나도 모르게 검을 뽑아 든 기억이 있네."

"하하하."

눈류는 시원하게 웃었다.

야르의 레전드 급 썩은 미소!

그 당시 눈류 자신도 곁에 루운이 없었더라면 야르와 싸웠을지도 모른다.

그만큼 야르의 미소는 상대에게 전투 본능을 끌어 일으켰고, 생긴 것으로만 따지면 레몬의 펫과 동급이었다.

"고맙네. 그리고 오해해서 미안하네."

"아닙니다."

혼드의 진심 어린 말에 눈류는 고개를 저었다.

자신이 혼드의 입장이라도 경계를 했을 것이다.

"50년 전 루운이 말했었네. 2차 성장 전에 마리나를 데려다

주겠다고. 그런데 아무런 말도 없이 그대를 보낼 줄은 예상하지 못했네. 워낙 그런 놈이라는 것은 알았지만……."

눈류는 애써 웃음을 참았다.

혼드의 표정과 말투를 보니 그 역시도 루운에게 많이 당했다는 사실을 알 수 있었다.

"마리나는 언제 잠들었는가?"

혼드는 자리에서 일어나 마리나의 곁으로 가더니 작은 목소리로 물었다. 그런 그의 표정은 한없이 자상했으며, 마리나의 머리카락을 쓸어 넘기는 손길은 매우 조심스러웠다.

"두 시간 전에 잠이 들었습니다."

"그런가? 깨어나려면 멀었군."

그는 마리나가 오랜 시간 잔다는 사실 또한 이미 알고 있는지 혼자 중얼거렸다.

문득 마리나와 혼드의 관계가 궁금했지만 눈류는 묻지 않았다.

외형만으로도 쉽게 추측이 가능했고, 누구에게나 말하고 싶지 않은 과거가 있기 때문이다. 더군다나 현재 눈류는 혼드와의 친밀도를 올려야 했다. 그가 꺼릴 수 있는 말이라면 최대한 삼가야 한다.

"묻고 싶은 말이 없나?"

혼드는 마리나에게서 시선을 떼지 않은 채 물었다.

"때로는 모르는 것이 더 낫다고 생각합니다."

"현명하군."

눈류의 대답에 혼드는 만족스럽다는 듯 고개를 끄덕였다.

그러나 그 순간 눈류는 다른 생각에 빠졌으니…….

'역시 난 천재구나!!'

어디에서든, 어떤 순간이든 빠지지 않는 자화자찬!

그런 눈류의 생각도 모른 채 인간치고는 괜찮다고 생각한 혼드는 마리나에게 시선을 거두며 눈류를 바라봤다. 찰나의 순간 눈류는 짐승 모드에서 진지 모드로 돌변한 상태였다.

"고생을 한 자네에게 뭐라도 주고 싶다네."

"네? 고생이라뇨. 저는 아무것도 한 것이 없습니다."

"아니네. 마리나를 무사히 데려다 주고 지켜준 것만으로도 나는 감사하네."

눈류는 더 이상 거절하지 않으며 미소만 머금었다.

언제나 한 번씩 튕겨주는 센스! 그러나 과한 겸손은 독이다!

눈류는 그 사실을 잘 알고 있었고, 곧이어 들려온 혼드의 말에 주먹을 불끈 쥐었다.

"자네를 보니 검을 쓰는 것 같군. 어떤가? 내 자네에게 검을 선물하고 싶은데."

"거, 검을요?"

은연중에 목소리가 떨렸다.

장비들은 급에 따라 가격이 천차만별이지만 무기가 가장 비쌌다.

그중에서도 많은 유저들이 분포되어 있는 검은 가격이 높은 것은 물론이고 거래도 활발했다.

더군다나 장인 중에 장인인 혼드가 만든 검이다!

'대륙을 발견한 보상만으로도 충분히 과한데 검까지 얻게 되다니…….'

눈류는 애써 흥분을 감추며 혼드를 쳐다봤다.

기뻐서 죽을 것 같지만 대놓고 웃을 수는 없었다.

왜? 없어 보이니까!

그러자 혼드가 묘한 눈동자로 눈류를 쳐다보다 낮게 가라앉은 진지한 목소리로 물었다.

"자네 표정이 왜 그런가?"

눈류는 잊고 있었다.

사람이 너무 좋은데 억지로 참다 보면 표정이 더 괴상해진다는 것을.

결국 본의 아니게 더욱 없어 보이는 얼굴이 된 눈류였다.

곧 쓰러질 듯 허름한 목재 건물 안이었다.

그럼에도 불구하고 눈류는 눈을 떼지 못한 채 주변을 두리번거리며 연신 감탄성을 흘렸다.

바로 대장간 안을 가득 채우고 있는 각종 장비들 때문이었다.

조예가 깊지 않은 자신이 봐도 각양각색, 놀라운 수준의 검과 방어구들.

눈류는 무구 하나하나를 관심있게 자세히 바라보며 침을 꿀꺽 삼켰다.

이중 하나를 받게 될 것이지 않은가! 미리 점해두는 작업 실력을 발휘하는 것이었다.

그때 안쪽 거처로 연결되는 나무 문이 삐그덕 소리와 함께 열리더니 혼드가 모습을 드러냈다.

혼드는 아직 깨어나지 않은 마리나를 안쪽 방에 눕혀놓은 후 나오는 것이었다.

'그러고 보니 마리나도 대단하군.'

눈류는 현재 이곳의 위치가 어디인지 모른다.

여관에서 텔레포트로 이동했기에 혼드의 대장간 겸 집이라는 사실만 알 뿐이었다.

그런데 마리나는 그런 와중에도 절대 깨지 않았다.

비록 텔레포트가 인체에 큰 영향을 주는 건 아니지만, 오묘한 느낌을 얻게 된다. 허공에서 떨어지는 느낌이라고나 할까? 잠을 많이 자는 만큼 둔한 부분도 있는 마리나였다.

'혼드가 조치를 취한 것인가? 아니면 마리나가 정말 둔한 것인가?'

잠시 딴생각에 잠겼던 눈류는 실소를 흘리며 곁에 다가온 혼드를 바라보며 말했다.

"정말 장인의 혼이 담긴 듯하군요. 눈을 뗄 수가 없습니다."

진심과 더불어 아부를 담은 칭찬 작렬!

그러자 혼드는 웃음으로 좋아진 기분을 표현했다.

"하하. 그렇게 생각하는가? 그리 봐주니 고맙네."

"아닙니다. 저는 솔직하게 말했을 뿐인걸요."

"이리로 앉게."

혼드는 그런 눈류를 향해 미소 띤 얼굴로 의자에 앉기를 권했고, 눈류는 망설이지 않고 자리에 앉아 맞은편의 혼드를 바라봤다.

그들 사이에는 사각형의 조그마한 탁자가 놓여 있었고, 그 위로 따뜻한 김이 모락모락 나는 푸른색의 차가 있었다.

"내가 자네에게 줄 수 있는 것은 많지 않다네. 그러니 서운하더라도 이해해 주게나."

"서운하다니요. 마음만으로도 충분히 감사합니다."

마음속은 타락의 끝을 달린다 할지라도 지금 눈류의 눈동자는 한 치의 거짓도 없다는 듯 순수하게 빛났다. 그 모습에 혼드는 만족스러운 얼굴로 고개를 끄덕이며 양 손바닥을 마주쳤다.

털썩!!

그와 함께 무거운 무엇인가가 떨어지는 소리가 들려 눈류의 시선이 소리가 난 방향으로 향했다. 그곳에는 놀랍게도 커다란 상자가 나타나 있었다.

'텔레포트도 그렇고… 마법이 능수능란하군.'

내심 혼드의 능력에 재차 놀라며 눈류는 상자에서 시선을 뗐다. 그러자 혼드가 웃음을 머금은 얼굴로 말했다.

"가서 골라보게나. 좋은 놈들을 주고 싶지만 그건 이미 주인들이 정해져 있다네. 그렇다고 만들어주자니 시간이 오래 걸리고 말이네. 미안하네."

혼드는 계속 미안하다는 말을 했지만 눈류는 힘차게 고개를 저었다. 그리고 폭이 5m는 될 법한 상자를 벌컥 열었다.

그런 눈류의 눈동자는 별처럼 반짝였다.

드디어 그토록 바라던 검을 얻게 된 기쁨의 표출이었다!

'컥!!'

그러나 행복은 오래 가지 않았다.

상자 속에 들어 있는 검들은 진열되어 있는 것들과 천양지차였기 때문이다.

'호, 혹시 모른다! 검이란 것은 겉만 보고는 알 수 없어!'

겉이 화려하고 좋은 재료로 만들었다고 하여 명검이 아니다.

중요한 것은 누가 뭐라 해도 검의 성능!

눈류는 혹시나 하는 기대를 품으며 작은 목소리로 검 하나하나의 정보를 확인하기 시작했다.

그리고 10분 뒤……

눈류의 얼굴에는 절망감이 가득 서렸다.

이중 가장 좋은 것이 C급 수준의 검이었다.

물론 C급의 검을 공짜로 얻는 것만 해도 대단한 보상이었다. 자신은 이미 대륙을 발견한 보상도 얻지 않았던가?

하지만 상대가 혼드였기에 더욱 큰 기대를 했던 것도 사실이었다.

그러나 어떤 게임이든 절대 유저들을 배부르게 하지 않는 법!!

'그러면 그렇지.'

혼드 몰래 짙은 한숨을 내쉬는 눈류.

그때, 눈류의 눈동자에 이채가 서렸다.

검들을 파헤치다 보니 그 속에 작은 보석함 같은 것을 발견했기 때문이다.

'뭐지?'

붉은색으로 이루어진 상자를 손에 쥔 눈류는 혼드를 향해 물었다.

"이건 뭐죠?"

"그것은 레드 마나일세. 무기나 방어구에 특별한 능력을 부여하는 효과가 있지."

"……."

눈류의 얼굴이 급격하게 행복으로 물들었다.

아직까지 단 한 번도 나온 적 없는 아이템이 자신의 손에 들려 있었다.

C급 검으로 만족하자고 다짐하던 순간에 이런 대박을 발견하게 될 줄이야!!

아이템의 가격은 수요와 공급에 의해서 결정된다.

라스트 월드의 현금 시세가 떨어지지 않는 이유도 그래서였다.

사는 사람은 많은데 파는 이가 적기 때문이다.

그런데 많은 이들이 원하지만 누구도 팔지 않는, 아니, 없어서 못 파는 물건이라면? 부르는 것이 가격이었다.

"혼드님, 검 대신 레드 마나를 받을 수 없을까요?"

"흐음."

눈류는 초조한 표정으로 혼드를 지켜봤다.

레드 마나가 귀하기는 귀한지 혼드가 고민에 빠졌기 때문이다. 그러다 곧 혼드의 입이 열렸다.

"알겠네. 자네가 원한다면 그 정도는 줄 수 있다네."

"가, 감사합니다!"

진심을 담아 큰 목소리로 외친 눈류.

다급히 정보를 확인하려 했지만 아쉽게도 레드 마나는 무슨 능력이 있는지 알 수 없었다. 일명 랜덤이기 때문에 검이나 방어구에 직접 사용해야 확인할 수 있는 것이다.

"그러면 한번 써보지 않겠는가? 나도 그놈이 무슨 힘이 있는지 보고 싶다네. 마음에 안 들면 떼면 그만이니."

"알겠습니다."

눈류는 잠시 망설이다 대답했다.

물론 자신도 쓰고 싶었다. 그러나 거기에는 치명적인 문제가 존재했다.

자신은 레벨 300 전까지는 최대한 화제가 되고 싶지 않았다. 진은이 알아차릴 수 있지 않을까 하는 일말의 불안 때문이었다.

그런데 레드 마나를 사용해 특수한 능력이 붙는다면, 그 자체만으로도 순식간에 소문이 퍼질 것이었다. 물론 검에서 빛이 난다든가 이런 것이 아닌, 겉으로 보이지 않는 것이라면 문제가 되지 않겠지만 말이다.

그리고 또 다른 문제점은 바로 파는 것이 낫다는 생각 때문이었다.

아직까지 알려지지 않은 아이템이기에 어떤 능력이 추가될지는 알 수 없지만 분명 대단히 높은 라르크를 얻을 수 있을 것이다.

'혼드의 말처럼 떼어내서 팔면 그만이다. 그리고 설령 떼어지지 않는다면 검 자체를 팔면 돼. 특수한 능력이 붙은 B급의 고급 검! 그 어떤 결과가 나오든 나는 부자가 된다!'

눈류는 반 짐승 모드가 되어 고개를 끄덕이며 소환한 검에 레드 마나를 갖다 댔다.

이토록 좋은 보상을 준 이가 원하는데 거절할 수도 없는 노릇이었고, 레드 마나를 부여하는 일은 어렵지 않았다.

능력은 정보에 뜨지 않았지만 부여하는 방법은 나왔기 때문이다.

스파아아아앗!

검과 레드 마나를 붙인 뒤 주문을 외우자 붉고 뜨거운 기운이 대장간 안을 잠식했다.

'크윽!'

특히 검을 직접 들고 있는 눈류는 온몸이 타 들어가는 듯한 통증을 느낄 정도였고, 잠시 후 열기가 사라짐과 동시에 눈류는 멍한 시선으로 자신의 검을 쳐다봤다.

화르르르륵.

불꽃이 타올랐다.

아니, 열기가 느껴지지 않기에 불꽃이라기보다는 붉은빛이 타오르는 것 같았다.

"저, 정보."

눈류는 다급히 검에 새로 생긴 특수 능력들을 확인했다.

[레드 드래곤의 가죽과 드래곤 하트로 만들어진 레드 마나로 인해 3개의 특수 능력이 생성되었습니다.]

—검에 화염계의 마나가 스며들었습니다. 검의 주인은 느끼지 못하나 적은 화상과 함께 추가 데미지를 입게 됩니다.

—검의 공격력이 100 상승했습니다.

—화염계 마법 저항력이 30% 향상되었습니다.

'허얼!'

눈류는 정보를 확인하며 기쁨의 신음을 흘렸다.

공격력이 100이나 상승하고 추가 데미지! 거기에다 마법 저항력 상승까지!

귀한 물건이기에 꽤 높은 효과를 기대하고 있었지만 이 정도일 줄이야.

'모두가 탐내겠군.'

스킬을 발휘하지 않음에도 자연적으로 불타오르는 붉은색의 마나.

속된 말로 뽀대조차 최고가 되어 있었다.

'크크크크! 응? 저건 뭐지?

속으로 완벽한 짐승 모드가 되버린 눈류는 특수 능력들 밑에 새겨진 글귀를 발견했고, 또 뭐가 있나 하는 생각에 한 글자, 한 글자 자세히 바라봤다.

그와 함께 점점 굳어지는 얼굴…….

눈류는 다급히 혼드를 쳐다봤다. 그리고 다시 정보창을 바라보았다.

점점 얼굴이 죽은 자처럼 시퍼렇게 변했다.

이제는 그것도 모자라 온몸이 부들부들 떨리기 시작했다!

"저 자, 잠시만 밖에 다녀오겠습니다."

"그러게."

혼드는 이유가 궁금했지만 눈류의 안색이 급변한 탓으로 인해 무슨 일이 있다고만 추측했고, 혼드의 허락이 떨어지자 눈류는 바로 밖으로 나와 바닥에 주저앉았다.

"크흐으으윽!!"

입에서 눈물 섞인 신음이 터져 나왔다.

그러자 황급히 두 손으로 입을 틀어막는 눈류.

"으으으으읍!!"

도대체 무슨 일이기에 이렇게 고통스러워하는 것일까?

입을 막은 채 흙으로 이루어진 바닥을 데굴데굴 구르던 눈류는 갑자기 벌떡 일어나 숲 속을 달리기 시작했다.

"으아아아악!!"

혼드의 거처에서 어느 정도 멀어졌다고 생각하자마자 고함을 지르는 눈류!

마지막 정보를 확인하기 전까지는 행복했었다.

하지만 한순간에 그 행복이 유리 조각처럼 깨져 버렸다.

눈류는 달리면서 재차 정보를 확인했다.

—레드 마나가 부여된 검은 교환과 드랍을 할 수 없으며, 해제가 불가능합니다.

"으아아악!!"

눈류의 입에서 재차 괴성이 터져 나왔다.

교환과 드랍이 되지 않는 것까지는 괜찮았다. 그런데 해제조차 불가능하다니? 그 말인즉 이 검을 평생 동안 사용해야 된다는 말이었다.

하지만 그럴 수도 없는 것이 300레벨이 되면 A급의 무기를 차야 한다. 아무리 능력이 부여되었다 할지라도 B급의 검이 A급보다 좋을 수는 없었다.

결국 레드 마나는 물론 검 값마저 날리게 되었다는 것이다.

"젠장!! 이 빌어먹을 퀘스트!!"

눈류의 외침에 새들이 놀라 날아오르고 동물들은 겁에 질린 표정으로 몸을 감췄다. 그럼에도 눈류는 쉬지 않고 달리며 계속 고함을 질렀다.

레드 마나의 가격을 생각하니 심장이 무너졌다.

그런데 B급의 고급 검조차 팔지 못한다는 사실에 마음이 걸

레처럼 너저분해졌다

지이이잉!

억울함과 서러움에 눈물까지 맺힌 눈류!

잠시 뒤, 머리에 꽃을 꽂고 나무와 수다를 떨며 미친 자의 증상을 보이기 시작했다.

세라는 못마땅한 표정으로 광혈의 등에 업혀 있는 엘프를 쳐다봤다.

벌써 안개의 숲에 들어온 지 2시간이 넘게 흐른 상태였다.

하지만 엘프가 말한 장로는커녕 여전히 안개로만 이루어진 곳을 뱅뱅 돌고만 있어 짜증이 치밀어 올랐다.

반면 광혈과 스레이는 화를 낼 기운조차 없었다.

능력은 세라가 위지만 남자라는 이유로 번갈아가며 엘프를 업고 있는 둘은 점점 무거워지는 엘프의 무게로 인해 다리가 후들거리고 온몸에서 식은땀이 흐르고 있었다.

"이봐, 제대로 가고 있는 거야?"

"그럼요. 조금만 더 가시면 됩니다."

"그 말만 벌써 다섯 번째다. 더 이상 나를 화나게 하면 죽는다."

"네네, 걱정 마세요."

세라의 살기가 서린 협박에 등에 업혀 있던 엘프… 루운은 장난기 어린 미소를 지으며 고개를 끄덕였다.

루운은 지금 상당히 즐거웠다.

이들을 눈류처럼 자신의 거처까지 데려다 줄 마음은 없다. 단지 골려주다가 마을로 보낼 생각이었다. 그런데 두 시간이나 고생을 시키는 이유는 호기심 때문이다.

'요즘 인간들은 다 이런가?'

루운은 세라를 묘한 시선으로 힐끔 쳐다봤다.

눈류처럼 조화된 마나는 아니지만 그녀 역시 인간의 육체로는 가질 수 없는 수준의 마나를 소유하고 있었다.

물 그릇에 물을 하염없이 따르면 물이 넘친다.

물론 그릇의 크기에 따라 담을 수 있는 양은 다르지만, 인간의 마나 그릇에는 한계라는 것이 존재했다. 그런데 어찌 된 영문인지 눈류처럼 한계를 벗어난 인간들이 자꾸 나타나는 것이다.

'후후. 재미있어.'

루운의 입가에 진한 미소가 서렸다.

예전 인간들과 함께 살 때도 상상을 초월한 존재들을 본 적이 있었다.

가면의 기사를 비롯한 20명이 그 예였다.

그런데 재차 그런 능력자들을 오랜만에 보게 되니 감회가 남달랐다.

그 시각, 안개의 숲에 들어와 있는 월하는 날이 잘 선 듯한 낮은 목소리로 루운을 협박했다.

"30분째군……."

"이제 조금만 더 가면 됩니다."

만약 다른 유저들이 이 사실을 본다면 루운의 능력에 경악을 금치 못할 것이다.

루운은 현재 세라의 일행들과 있으면서도 월하와 함께 있었다. 비단 그들뿐 아니라 현재 안개의 숲을 헤매고 있는 수백명의 유저들에게도 루운은 모습을 나타내고 있었는데, 바로 극에 이른 마법 때문이었다.

모두가 환상이다. 하지만 실체와 똑같다.

그리고 정작 당사자인 루운은 자신의 거처에서 이 모든 것을 관리하고 있다.

'이 여자는 더욱 강하군.'

루운은 월하의 마나를 관찰하며 탄성을 흘렸다.

마나의 양만 따지면 눈류를 초월하는 수준! 그러나 안타깝게도 질에서 부족했기에 정작 대결을 펼친다면 눈류와 맞먹는 수준이 될 것 같다고 예측했다.

그러나 그것만으로도 절로 감탄이 나올 정도였다.

눈류가 누구인가? 자신이 유일하게 인정한, 가면의 기사의 제자이자 조화된 마나를 깨우친 인간이었다. 그런데 그런 눈류와 질적으로는 부족하지만 대등한 수준의 싸움을 펼칠 정도의 마나를 가지고 있다니? 만약 마나의 질만 높이게 된다면 눈류는 상대가 되지 않을 것이었다.

'아쉽군.'

루운은 입맛을 다셨다.

만약 눈류가 다크 엘프의 대륙에 가지만 않았더라면 불러서 싸움을 붙이고 싶었다.

세상에서 가장 재미있는 싸움 구경!!

더군다나 자신의 예측으로는 박빙의 승부가 펼쳐질 것!

그런데 그런 전투를 볼 수 없다니 너무나 속이 상했고, 결국 다른 결심을 하게 됐다.

'눈류보다는 재미없겠지만 그래도…….'

루운의 얼굴에 짓궂은 미소가 스쳐 지나갔고, 곧 루운은 세라를 떠올리며 월하와 만나도록 방향을 지시했다. 그 결과 잠시 후, 세라는 인기척을 느낌과 동시에 한 사람을 볼 수 있었다.

"허…….'"

세라는 갑자기 나타난 월하로 인해 자신도 모르게 신음을 흘렸다.

한번 만나고 싶긴 했지만 이곳에서 만날 것이라고는 전혀 예상하지 못했다.

그것은 광혈과 스레이도 마찬가지였고, 월하 역시 호기심 어린 얼굴로 세라를 쳐다봤다.

그녀가 비록 라스트 월드에 관한 많은 정보를 모르고 있다 하지만 적어도 레전드들은 알고 있었다. 언제 기회가 되면 싸워보고 싶다는 호승심 때문이었다.

그래서 레전드인 세라와 스레이를 바로 알아볼 수 있었다.

그런 그들의 공통점은 안개의 숲에 들어온 유저들을 골탕 먹이는 NPC가 있다는 사실을 몰랐다는 것이다.

"어?"

세라와 월하의 시선이 허공에서 만나던 그때, 곁에 있던 스레이가 소리쳐 모두는 그곳으로 고개를 돌렸다.

"무슨 일이지?"

"엘프가 없어졌어."

"뭐?"

스레이의 대답에 세라의 눈살이 찌푸려졌다. 그와 동시에 월하 역시 인상을 썼다. 자신의 등에 업혀 있던 엘프도 순식간에 사라졌기 때문이다.

"뭐, 상관없어. 장로보다 더 보고 싶었던 이를 만나게 되었으니."

세라가 환한 웃음을 지으며 월하를 쳐다봤다.

"난 더 이상 사람을 죽이지 않는다."

하지만 월하의 대답은 세라의 기대를 단번에 무너뜨렸다.

사실 월하도 세라와 당장 붙고 싶었다. 강자를 만남과 동시에 화산처럼 끓어오르는 호승심! 그러나 눈류와의 약속을 지켜야 했다.

"눈류 때문인가?"

"어떻게 알지?"

"전에 TV를 통해서 약속에 관한 것을 들은 적이 있지."

세라는 궁금했다.

도대체 눈류와 월하가 무슨 관계라는 말인가?

그리고 월하는 얼마나 강할까!

그녀 역시 강자와 싸우고 싶은 마음은 둘째 가라면 서러울 정도였다.

"그럼 이렇게 하면 어떤가?"

"어떻게?"

"PK를 하는 것이다. 그럼 합의하에 싸우는 것이니 악성도 생기지 않잖아."

월하는 세라의 제안에 망설여졌다.

눈류가 자신에게 사람을 죽이지 말라고 한 것은 악성이 가장 큰 이유였기 때문이다.

"눈류는 강했다. 그런데 너는 얼마나 강한가? 나는 알고 싶다."

사아아아아.

세라는 그 말과 함께 PK신청을 하며 마나를 끌어올렸다.

그러자 월하의 얼굴에 차가운 미소가 서렸다.

싸움이 시작되기 전, 흥분을 표현하는 것이었다.

"눈류는 나와 대등하다. 그러니 적어도 너보다 강해."

"크크큭."

월하의 도발적인 발언에 세라는 웃음을 터뜨렸다.

그와 함께 PK는 수락되었고, 광혈과 스레이는 안개로 인해 멀리 떨어지긴 싫지만 둘의 싸움을 위해 일정 거리를 벌렸다.

그리고 거처에서 그 모습을 지켜보는 루운의 입가에 짓궂은 미소가 서렸다.

월하와 세라! 그녀들의 전투가 시작되었다!

"부탁이 있네."

혼드의 목소리에 눈류는 풀린 눈동자로 고개를 돌렸다.

그러자 혼드는 내심 움찔거렸지만 애써 티내지 않으며 눈류의 다크 써클이 진한 얼굴을 쳐다봤다.

잠깐 밖에 나갔다 온 사이 눈류는 마치 10년이나 늙은 듯한 모습이었고, 이제 대륙을 돌아다니며 공개되지 않은 마을과 던전 등을 찾으러 가려던 눈류는 혼드의 시선에 자리에 앉아 그의 말을 기다렸다.

"루운에게 맡긴 물건이 있네. 그것을 자네가 찾아주겠나?"

띵똥!

[혼드의 비밀 퀘스트.]

50년 전 혼드는 루운에게 어떤 물건을 맡겼다.

그 물건을 찾아 혼드에게 돌려주자.

선택은 바로 해야 하며, 퀘스트를 수락할 시 엘프 마을로 텔레포트된다.

제한:혼드와의 친밀도가 높은 유저.

눈류는 그나마 밝아진 얼굴로 퀘스트 창을 바라봤다.

비록 보상이 나오지 않아 찜찜한 감도 있지만 혼드가 주는 비밀 퀘스트라 그런지 자연적으로 기대되었다.

그러나 상대가 루운이라는 것이 걸렸으니…….

"어떤 물건인가요?"

"루운에게 가서 말하면 알 것이네. 내가 맡긴 물건은 그것 하나밖에 없으니. 어렵지는 않을 것이야."

눈류는 머릿속에서 생각을 빠르게 정리했다.

혼드의 비밀 퀘스트이자 연계 퀘스트. 놓칠 수 없다.

그런데 퀘스트를 수락하면 바로 이동이 된다고 했다.

그렇다면 던전을 찾는 등의 자신이 목표한 일을 포기해야 한다는 뜻.

'확실함과 가능성의 차이인가.'

생각은 오래 이어지지 않았다.

실패할 확률도 존재하지만 퀘스트는 100% 진행된다.

그러나 던전과 새로운 마을, 사냥터를 찾는 일은 쉽지 않았 다. 더군다나 현재 자신에게만 주어진 특혜는 혼드를 너무 오 래 기다리는 바람에 며칠 남지도 않은 상황. 더불어 생각할 시 간도 주지 않았다.

그러면 답은 하나였다.

"제가 하겠습니다."

"고맙네. 자네라면 들어줄 것이라 생각했지. 내가 엘프 마 을로 텔레포트를 시켜주겠네."

"잠시만요."

눈류는 혼드에게 양해를 구한 뒤 마리나에게 다가가 머리카 락을 쓰다듬었다.

마리나는 아직도 잠에 빠져 있었는데, 그런 마리나를 바라보는 눈류의 얼굴에 온화한 웃음이 떠올랐다.

오랜 시간 함께하지는 않았지만 그동안 정이 들어 친동생같이 느껴졌다.

그래서 혼자 두고 가야 한다는 사실에 내심 불안한 마음도 들었으나 미소와 함께 자신을 희생하려고 했던 마리나의 모습이 생각나면서 걱정은 사라졌다.

어린 소녀의 모습이지만 인간의 나이로 치면 99살.

자신이 없어도 혼드가 잘 지켜줄 것이며, 마리나 역시 이곳에서 또 다른 행복을 찾을 것이었다.

"준비되었습니다."

마리나에게서 시선을 거둔 눈류의 말과 함께 혼드는 고개를 끄덕이며 마법을 시전했다. 그러자 눈류의 신형은 온통 찬란한 빛무리에 휘감겼고, 잠시 뒤 눈류는 경악한 얼굴로 눈앞의 광경을 쳐다봤다.

안개가 자욱한 것으로 봐서는 분명 안개의 숲이었다.

그런데 왜 월하와 세라가 싸우고 있다는 말인가!

그때 한창 세라를 몰아붙이던 월하가 이질적인 기운에 고개를 돌려 쳐다봤고, 세라 역시 시선을 눈류에게로 향했다.

"눈류?"

"눈류, 어떻게 여기에!"

그녀들 역시 놀란 것은 마찬가지!

셋의 시선이 한 점에서 마주쳤다.

방긋, 방긋.

루운은 행복한 표정으로 눈류를 비롯한 이들을 쳐다보고 있었다.

사실 눈류가 월하와 세라의 곁으로 텔레포트하게 된 것도 루운의 장난이었다.

루운은 자신의 예상처럼 치열하지만 승부가 보이는 월하, 세라의 전투를 바라보며 아쉬움을 느꼈다. 그런데 그때 공간의 일그러짐을 느낄 수 있었다.

'호오.'

루운은 의미심장한 미소를 지었다.

이질적인 기운의 주인은 분명 혼드!

그렇다면 이곳을 향해 공간 이동을 하고 있는 자는 눈류라는 결론이 나왔다.

생각을 정리함과 동시에 루운은 역으로 텔레포트 마법을 시전했다.

상대의 텔레포트 마법을 목적지에 도착하기 전에 재차 텔레포트시키는 최상위 마법!

물론 원래 목표지에서 일정 거리까지만 가능하다는 단점이 존재했지만, 현재 루운의 목적에는 부합되지 않았다.

"이제 재미있어지겠군."

루운은 따뜻한 차로 입술과 목을 적시며 눈류를 쳐다봤다.

그리고 속으로 혼드를 향해 고마움을 표했다.

만약 텔레포트 도착지가 자신의 여러 마법들과 결계가 펼쳐진 이곳이 아니었다면 제아무리 루운이라 할지라도 그 짧은 순간에 역 텔레포트 마법을 시전할 수 없기 때문이었다.

"흔드, 그대도 가끔 도움이 되는군요."

루운의 짓궂은 시선이 눈류와 월하에게로 향했다.

'곤란하군.'

눈류의 얼굴에 난처한 기색이 떠올랐다.

루운의 거처로 바로 이동되었다면 좋았겠지만 안개의 숲도 나쁘지는 않다.

그런데 문제는 그곳에서 마주친 상대가 월하와 세라라는 것이었다.

저 둘이 누구인가? 자신을 잡아먹지 못해 안달이 난 존재들이었다.

더군다나 월하와는 접속할 때마다, 세라하고는 그녀가 원할 때 언제든지 싸우기로 약속까지 했다!

그리고 지금은 퀘스트 핑계도 댈 수 없는, 빼도 박도 못하는 지성이었다.

'얼굴도 공개됐어.'

또 다른 문제는 바로 스레이와 광혈이었다.

한 명은 세라의 친오빠이며, 다른 한 명은 레전드이자 세라와 가까운 사이라는 사실을 안다고 할지라도 눈류는 얼굴을 숨기려 했을 것이다. 그런데 그 어떤 것도 모르는 상황에서 얼굴이 알려졌다.

광혈과는 이전 고대의 산에서 아주 잠시 얼굴을 본 적이 있지만 미처 기억하지 못하는 눈류였다.

'이미 내 이름이 밝혀졌으니…….'

눈류는 깊은 한숨을 내쉬며 가면을 착용했다.

그러자 눈류란 소리에 놀란 얼굴이던 스레이는 짙은 탄성을 흘렸다.

화면에서만 봤던 가면의 기사를 직접 보게 된 기쁨이었다.

"둘이 왜 여기에 있어?"

눈류는 저도 모르게 질문했다가 곧 실소를 흘렸다.

지금 상황만으로도 예측이 가능했기 때문이다.

안개의 숲에 놀러왔다가 우연히 만나, 결국 싸우게 되었다.

머릿속에서 필름처럼 지나가는 생각들.

"그런데 누구지?"

눈류가 눈짓으로 스레이와 광혈을 가리키자 스레이가 먼저 나서며 말문을 열었다.

"저는 세라의 길드에 속해 있는 스레이라고 합니다. 레전드 카오스이기도 하고요."

"카오스……!"

눈류는 눈을 크게 뜨며 중얼거렸다.

서 있는 위치상 세라와 가까운 유저일 거라 생각했지만 레전드일 줄이야!

"저는 광혈이라 합니다. 세라의 친오빠이죠. 전에 잠깐 뵌 적이 있는데 다시 만나게 되어 반갑습니다."

"그렇군요."

눈류는 고개를 살짝 끄덕여 인사를 대신했다.

월하와의 관계도 애매하지만 눈류의 입장에서는 세라와의 관계도 확실하지 않았다.

하지만 적보다는 라이벌에 가까웠고, 그것은 눈류뿐 아니라 세라 역시 같은 생각이었다.

그래서 광혈과 스레이 역시 눈류에게 안 좋은 감정은 존재하지 않았다. 그렇기에 광혈은 친오빠임을 밝혔고, 스레이 또한 레전드라는 사실을 말하며 거리감을 줄이려고 한 것이다.

그러나 세라는 쓴웃음을 지었다.

비록 눈류에게 해를 입히거나 적이 될 마음은 없지만 스레이는 눈류를 깜짝 놀라게 할 비장의 무기 중 하나였다.

그런데 생각보다 훨씬 이른 타이밍에 밝혀져 버렸다.

'또 다른 힘을 얻게 된 것인가.'

속으로 쾌재를 부르는 눈류.

힘이란 강하면 강할수록 좋은 법이었다.

더군다나 밝혀진 것이 아닌 숨겨진 힘이었다.

어쩌면 자신의 생각이 앞서가는 것인지도 모른다.

그러나 자신이 부탁한다면 세라가 거절하지 않을 것이라는 왠지 모를 믿음이 자리 잡고 있었다. 물론 월하처럼 언제든지 싸워준다는 제안을 걸어야 하겠지만 말이다.

'레전드만 총 넷.'

현재 레전드는 총 열두 명이었다.

그중에서 자신을 제외한 세 명과 인연의 실이 닿은 것이다.

훗날 복수를 위한 큰 힘이 될 이들!

눈류는 은근슬쩍 호감 어린 표정을 지으며 그들을 쳐다봤다.

대놓고 표현하기는 쉽다! 하지만 눈류처럼 은근히 드러내는 것은 표정 연기의 진수를 보여주는 것이었다!

미래를 위해 친분을 쌓기 위한 떡밥!

그러나 눈류에게 그럴 기회가 존재하지 않았으니…….

"준비해."

밑도 끝도 없는 월하의 말에 눈류는 기가 찬 표정이 되었다.

"월하. 나는…….'

눈류는 싸우고 싶지 않았다.

자신도 승부욕이 끌어오르고 이전의 패배를 갚고 싶지만 그러기에는 눈이 많았다.

이전의 눈류였다면 괘념치 않았을 것이다. 그러나 지금은 달랐다. 바로 검 때문이었다!

붉은 마나가 이글거리는 자신의 검!

싸움을 하게 된다면 필히 검을 소환해야 했다.

'아직 알리면 안 돼…….'

이들이 검을 본 뒤 소문을 낼 것이라고 생각하지는 않는다.

그렇지만 언제나 만약이라는 변수가 존재했다.

혹여나 술에 취해서든, 아니면 자신의 연인이나 지인한테 실수로든 말할 수 있었다.

그리고 또 다른 이유는… 검을 보자니 속이 쓰렸다.

B급 고급 검! 레드 마나!

이 둘을 팔면 돈이 얼마인가!

그것을 한순간의 호기심으로 인해 다 날려 버렸다!

엄청난 수입을 눈앞에 두고 치명적 손해를 본 꼴!

혼드가 원망스럽고, 검에 레드 마나를 발라 버린 자신을 용서할 수 없는 눈류였다.

"잠깐. 나와의 싸움이 아직 끝나지 않았어."

눈류가 검을 떠올리며 잠시 괴로워하는 사이, 결투 상태를 파기하고 포션으로 몸을 회복하는 월하에게 세라가 인상을 찡그리며 말했다.

"넌 나에게 졌다."

세라는 소리치려다가 입술을 잘근 깨물었다.

월하의 말처럼 조금만 더 진행되었더라면 자신의 패배였다.

결투 상태가 되면 상대의 생명과 마나를 확인할 수 있기에 억지를 부릴 수도 없었다.

"좋아. 너에게 진 것은 인정한다……."

세라의 말에 광혈과 스레이는 흥미진진한 표정으로 상황을 주시했다.

현재까지 그들은 세라보다 강한 이들을 본 적이 없었다.

그것은 세라가 제일 강하다는 것이 아닌, 직접 눈앞에서 본 적이 없다는 뜻이었다.

그런데 오늘 처음으로 세라보다 강한 유저를 확인했다.

결판은 나지 않았지만 세라의 입으로 직접 선언한 것이다.

"하지만 눈류와 싸우는 것은 나다."

"뭐?"

"전에 눈류가 약속을 했었지. 내가 원할 때 어디서든, 어떤 방식으로든 대결을 하겠다고. 그날이 오늘이야."

라스트 월드에서는 표정 변화가 거의 없는 월하의 미간이 찌푸려졌다.

그런 월하와 세라의 주변은 차가운 서리가 내리는 듯 냉랭했고, 둘의 사이가 틀어지면 훗날 계획에 차질이 생길 수 있음에도 불구하고 눈류는 말리지 않았다.

혼자만의 세상에서 자책을 하는 중이기 때문이다.

'이런 멍청한! 크흐흑! 그때 혼드의 말을 듣지 않았어야 했는데!! 젠장… 이 기적이 같은 진하야!!'

스스로에게 세상 최대의 욕을 하는 눈류!

그만큼 충격이 컸지만 눈류는 애써 스스로를 진정시킨다.

'방송국에서 받은 돈이 있잖아. 그걸로 라르크를 사자. 그래… 그러면 A급 검은 구할 수 있겠지… 크흑!'

가슴이 빨래를 짜듯 죄이며 아팠지만 눈류는 애써 밝은 표정으로 눈을 떴다.

그때 월하와 세라가 서늘한 눈빛으로 서로를 쳐다보더니 자신을 향해 고개를 돌렸다.

"눈류……."

"누구지?"

눈류는 곤란한 표정을 지으며 침묵을 지켰다.

생각에 빠져 있는 동안 월하와 세라에게 신경을 쓰지 못했다. 그러나 대충 무슨 얘기가 오갔는지는 알 수 있었다.

'피할 수는 없다.'

최소한 둘 중 한 명과는 싸워야 할 판국.

만약 둘 다 거절해 버린다면 뒷감당은 더욱 어려워질 것이다.

그런데 월하와 세라, 둘 모두 자존심과 승부욕이 만만치 않다는 것이 문제였다.

'어쩔 수 없지.'

눈류는 세라를 쳐다봤다.

그와 함께 살짝 고개를 저었다.

그러자 세라의 표정이 험상궂게 일그러졌다.

월하에게 패배한 것도 충분히 괴로운데, 눈류마저 자신이 아닌 월하를 택하다니!

그때 눈류에게서 음성 채팅 신청이 들어왔다.

"너와의 대결을 언제든 원한다. 그러나 지금은 아니다. 너와 나 단둘일 때, 죽을 만큼 치고 박자."

눈류의 음성 채팅에 세라는 주먹을 불끈 쥐었다.

단둘을 거론할 때, 무슨 의미인지를 알아차린 것이다.

이미 자신은 한 번 패배를 한 상황, 그렇기에 다른 이들에게 재차 패배하는 모습을 보이기 싫다는 뜻이었다.

'진심인가…….'

세라는 고개를 들어 눈류를 쳐다봤다.

만약 자신이 예상한 뜻풀이로만 생각한다면 눈류는 자신을 배려하는 것이다.

그러나 단지 월하와 붙고 싶어 자신을 달래려고 한 말인지 확신할 수 없었다.

하지만… 눈류의 얼굴을 보는 순간 세라는 알 수 있었다.

촉촉하게 젖은 눈류의 눈동자와 애절하고 안타까운 표정이 진실이라 말하고 있었다!

'다행이군.'

속으로 안도의 한숨을 내쉬며 눈류는 젖은 눈가를 황급히 닦았다.

세라가 자신을 바라보는 사이 재차 검과 레드 마나가 떠올라 눈물이 맺힌 것이다.

'세라도 은근히 단순해…….'

사실 눈류는 세라를 배려해 월하를 택한 것이 아니었다.

물론 세라의 지인들이 있는 곳에서 또다시 그녀가 패배하는 모습을 보여주기는 싫다.

하지만 그보다 더 큰 이유는 뻔히 이길 수 있는 승부보다는 예측하기 힘들어 최선 이상의 능력을 끌어올릴 수 있는 대결을 원했다. 그리고 그녀의 자존심을 건드리기 싫었기에 연기를 한 것이다.

'이제 남은 것은 저들인데…….'

눈류는 짜증나고 아쉬운 표정으로 상처를 치료하는 세라를 바라보다 턱을 매만졌다.

만약 여기서 세라에게 일행들을 데리고 자리를 비켜달라고 한다면 정말 무슨 일이 일어날지 모른다. 그렇다고 검을 보여 주기도 망설여졌다.

'믿는 수밖에.'

눈류는 결심과 함께 모두를 향해 말했다.

"모두를 믿지만 두 가지만 부탁드립니다. 첫 번째는 오늘 보게 된 것은 어디에서도 말하시면 안 됩니다. 연인은 물론 피를 나눈 가족이라 할지라도요. 그리고 두 번째는 촬영하지 않았으면 합니다. 저와 관련된 그 어떤 것이든 알려지는 것을 원하지 않으니까요. 만약 이 두 개의 약속을 지켜주신다면 저는 맘 편히 여러분들 앞에서 대결을 펼칠 것입니다."

모두에게 말하는 듯했지만 사실상 광혈과 스레이에게 하는 말이었고, 둘 역시 의미를 알아차리고 확신에 찬 얼굴로 고개를 끄덕였다.

"믿겠습니다."

눈류는 그 말과 함께 레드 마나로 인해 빛나는 검을 소환했다.

그러자 광혈과 스레이는 물론 세라와 모든 준비를 마치고 기다리던 월하마저 표정에 놀라움이 서렸다.

Part 2
노래하는 엘프

The knight of mask

서걱, 서걱!

인간과 사자가 반씩 섞인 듯한 몬스터의 한쪽 팔이 잘리며 하늘로 솟구쳤다.

그와 함께 피가 분수처럼 뿜어져 나오며 사방에 튀었고 진은이 시친 얼굴로 뒤로 몇 걸음 물러섰다.

그러자 자신의 등에 다른 이의 등이 느껴졌다.

그것은 바로 함께 온 라이트였다.

'힘들었어.'

이마에서 흐른 땀이 눈가를 적시자 다급히 닦으며 진은이 속으로 말했다.

라이트를 비롯해 라인과 키스마저 적이 되었던 퀘스트.

비록 지금 하고 있는 새로운 퀘스트 역시 너무나 지치고 포기를 생각하게 하지만, 그래도 일행이 적으로 변했던 것보다는 나았다.

"이제 몇 마리나 남았지?"

라이트의 떨리는 음성이 모두에게 들렸다.

겁이 나거나 무서워서가 아닌, 체력이 고갈되었기 때문이다.

"아아… 천 마리 정도?"

진은이 퀘스트 정보창을 확인하며 말하자 모두의 얼굴에 희미한 미소가 서렸다.

이전 퀘스트를 깸과 동시에 새롭게 받은 마지막 퀘스트!

그런데 조건이 상상을 초월했다.

10,000마리의 몬스터들을 모두 해치우는 것이 바로 퀘스트를 돌파하는 길!

그것도 모든 능력 사용 불가라는 제한이 존재했다.

마나를 쓸 수 없어 자연스럽게 스킬도 사용할 수 없었다. 거기에다가 음식이나 포션 섭취도 불가능했다. 오로지 지금까지 라스트 월드를 하며 익힌 검술과 생존 본능에 모든 것을 맡겨야 하는 퀘스트!

그나마 다행인 점은 죽어도 바로 부활이 된다는 것인데… 사실 그조차도 다행인지 불행인지 애매했다. 죽을 때 느끼는 싱크로율이 퀘스트 중에는 70%나 적용되기 때문이다.

그리고 그 고통은 상상을 초월했다.

사람이 죽을 때 얼마나 큰 고통을 받을까?

다리가 사정없이 찢기고, 몸 속에서 장기가 흘러나왔으며, 뼈가 부서지는 것은 일상 다반사였다.

그로 인해 일행들은 몸은 물론 마음과 정신까지 지치고 지친 상태였는데, 이제 천 마리밖에 남지 않았다는 말을 듣자 기운이 샘솟는 것 같았다.

"우리도 정말 지독하군. 크큭."

라스트 월드 시간으로 어제 다섯 번이나 죽은 라이트가 웃음을 터뜨리며 말했다.

정말 극한의 정신력이 없다면 이 퀘스트를 깨기란 불가능했을 것이다.

그러나 일행들 모두가 며칠 동안 수없이 죽으면서도 버텨주었기에 여기까지 올 수 있었고, 라이트는 자신은 물론 곁에 있는 셋도 인간을 초월한 것처럼 느껴졌다.

"그러게요."

그러자 키스가 기운없는 한숨을 내쉬며 대답했다.

사실 마나가 사라진 지금 이 중에서 가장 약한 이는 키스였다.

무기라고는 지팡이 하나였으며, 마법만 사용한 플레이를 해왔기에 육탄전에는 취약했다.

그래서 가장 많이 죽기도 했다.

그럼에도 키스는 포기하지 않고 일행들에게 미약한 힘이나마 보태고 있었다.

"천 마리면 몇 시간이면 되겠어. 힘내자고!"

진은이 일행들에게 기운을 실어주기 위해 크게 외치며 재차 수많은 몬스터들 앞으로 달려나갔다.

그러자 일행들 역시 고함을 지르며 파고들었고, 곧 던전 안은 재차 피와 장기, 살점들로 얼룩지며 지옥이 되었다.

찌릿, 찌릿!

눈류는 루운을 감정이 가득 담긴 시선으로 쳐다봤다.

그러나 루운은 뻔뻔 모드를 발동하며 웃는 얼굴로 마주 볼 뿐이었다.

'분명 뭔가 있어!'

월하와의 대결이 끝나자마자 눈류는 루운의 거처로 이동됐다.

거기에서 이상한 점을 느꼈다.

안개의 숲은 루운의 힘이 미치는 곳이기에 자신과 월하, 세라가 만난 것이 우연으로만 볼 수 없었다.

안개의 숲으로 텔레포트된 것은 이해할 수 있다. 하지만 월하와 세라가 싸우고 있는 근방이었다는 것이 수상했다. 더불어 텔레포트에 몸을 맡긴 도중, 순간적으로 느껴진 이질감! 우연이 반복되면 누군가의 조작일 확률이 높다!

'분명 루운의 짓이다.'

심증은 있지만 물증이 없다!

눈류는 눈빛을 반짝이며 루운을 쳐다보다 곧 한숨을 내쉬었다.

사실 물증이 있다 해도 어찌할 방법이 존재하지 않았다.

실력으로도 밀리는 데다가 루운은 NPC였다. 절대 적으로 만들어선 안 되는 존재인 것이다.

"그런데 야르는 어떻게 됐습니까?"

마음을 진정시키자 계속 신경 쓰였던 야르가 떠오른 눈류는 차를 한 모금 마시며 물었다. 그러자 루운은 부드러운 손짓으로 자신의 찻잔에 차를 따르며 대답했다.

"혼드가 그대를 저에게 보낼 것이라 예상했습니다. 그래서 야르에게 다크 엘프 대륙에 도착하는 순간 이동되는 강제 텔레포트 마법을 걸어놨었죠. 야르는 지금 연못에서 그동안 못 먹었던 흙을 먹고 있습니다."

"그렇군요."

눈류는 고개를 끄덕이며 루운을 힐끔 쳐다봤다.

모든 것을 정확하게 판단하고 움직이고 있었다.

아니, 마치 모든 일들을 자신이 바라는 대로 조종하는 것 같은 느낌이 든다.

'어쩌면 가면의 기사보다 더 위협적인 존재일지도.'

강함은 꼭 육체적인 것만이 전부가 아니었다.

때로는 힘보다 두뇌가 더욱 무서운 법이었고, 루운은 그 두 가지 모두를 가진 존재였다.

"그런데 부탁이 있지 않았나요?"

"있었습니다. 혼드님께서 루운님께 맡겨놓은 물건을 받아

오라고 하시더군요."

"아, 그 물건이라면 잘 알죠."

눈류의 표정이 살짝 경직되었지만 애써 티내지 않았다.

잘 있다는 것이 아닌, 안다고 대답했다.

왠지 불안감이 스멀스멀 피어올랐다.

"그런데 제가 가지고 있지 않습니다."

'역시……'

같은 일을 하더라도 하늘의 장난인지 꼬이고 꼬이는 팔자!

예상은 했지만 단순한 심부름으로 보이는 이번 퀘스트도 절대 쉽지 않을 것이다.

"혼드가 맡긴 물건은 아이스 스톤입니다."

"아이스 스톤이요?"

"네. 마레만 한 크기의 푸른색 돌인데, 빛을 뿜어내며 범위 내의 모든 것을 얼려 버리죠. 다만 생명체는 얼지 않습니다."

마레란 엘프 족들의 간식 중 하나로 초록빛의 달고 쓴맛이 나는 풀과 밀가루로 만든 빵이었다. 크기는 대략 현실의 호빵과 비슷했다.

"그럼 어디에 있죠?"

"얼음산에 있습니다."

"얼음산이라……."

"네. 이곳은 겨울 때 내리는 눈을 제외하고는 일 년 내내 춥고 눈과 얼음이 있는 곳이 없었습니다. 그래서 제가 그곳에다 아이스 스톤을 심어버렸죠. 그 후 얼음산이 되어버렸습니다.

하하."

"……."

눈류는 잠시 신형이 비틀거려 의자에서 떨어질 뻔했지만 힘겹게 중심을 잡았다.

세상에, 단지 그런 이유로 산 하나를 얼음산으로 바꿔 버리다니!

'어린애 같군.'

아이들은 때론 순수한 잔인성과 호기심을 보여준다.

죽음과 고통이 뭔지도 모른 채 단지 호기심, 그리고 재미로 작은 병아리나 동물들을 죽이는 행동처럼 말이다. 간혹 루운에게서도 그런 모습들이 비춰졌다.

'높은 경지에 이른 자들이 때론 해괴한 행동을 한다더니, 딱 그 꼴이야.'

홀로 생각을 하던 눈류는 곧 루운을 향해 고개를 끄덕이며 말했다.

"알겠습니다. 그럼 제가 가서 찾아오도록 하죠."

"그래 주신다니 감사합니다. 아이스 스톤이 묻힌 곳은 산 정상에 위치한 호수입니다. 놀랍게도 얼음의 산이 된 후에도 그곳만큼은 얼지 않았더군요. 아참, 몬스터들이 있기는 하지만 그리 강하지 않으니 걱정 안 하셔도 될 것입니다."

루운은 인자한 표정으로 말했지만 눈류는 더욱더 긴장되었다.

안심을 시켜주는 이가 다른 사람도 아닌 바로 루운이기 때문!

'분명 골탕 먹이기 위해 연막을 펼치는 것이다. 루운은 쉬운 일도 어렵게 만드는 자다!'

몇 번의 경험으로 인해 이제는 절대 방심하지 않는 눈류!

그런 눈류의 표정을 지켜보며 속으로 웃음을 터뜨리던 루운은 자리에서 일어나 누군가를 불렀다.

"미네."

"네, 장로님."

눈류는 뒤에서 들리는 목소리에 자신도 모르게 벌떡 일어섰다.

분명 조금 전까지만 해도 그 누구의 인기척도 느낄 수 없었다.

그런데 그것도 모자라 바로 등 뒤에서 나타나다니!

"놀라지 마십시오. 제가 부른 아이입니다."

눈류는 긴장을 늦추지 않으며 어느새 루운의 곁으로 간 한 여인을 쳐다봤다.

금빛의 비단결 같은 머리카락이 허리까지 내려온 여자 엘프였는데, 얼마나 아름다운지 잠시 몽롱할 지경이었다.

"미네가 길을 안내해 줄 것입니다."

"반가워요. 저는 176살밖에 안 된 어린 소녀! 미네랍니다!"

'컥! 176살!!'

양 손가락으로 총을 쏘는 듯한 시늉과 함께 윙크를 날리며 천진난만하게 자신을 소개한 미네.

그 모습에 눈류는 뒤통수에서 식은땀을 흘렸다.

미네의 말처럼 176살이면 엘프들 사이에서는 어린 편이고, 외모 역시 갓 20대가 된 듯했다. 더군다나 자신은 곧 100살이 되는 마리나와도 잘 지냈었다.

하지만 미네는 성인의 모습이었고 자신과 비교하면 150살 차이! 나이만 따지면 증조할아버지, 할머니도 미네보다 영계였다! 그런데 센스가 넘치는 과도한 애교까지 겸비하고 있다니! 새삼 나이는 숫자에 불과하다는 것을 깨닫는 눈류였다.

"저는 눈류라고 합니다."

눈류는 미네의 시선을 느끼며 황급히 충격에서 벗어나 자신을 소개했다.

그러자 미네는 맑은 미소로 화답했고, 그때 루운이 미네를 향해 부탁했다.

"오랜만에 노래를 들을 수 있을까?"

"장로님의 부탁이라면 언제든지요."

"미네는 노래로 다른 이들의 힘을 증폭시켜 주는 능력이 있습니다. 그래서인지 노래를 참으로 아름답게 부르지요. 눈류님도 같이 들어보세요."

루운의 말에 눈류는 사양하지 않고 고개를 끄덕이며 자리에 앉아 미네를 쳐다봤다.

미네는 음이 다른 소리들을 내며 목을 풀더니 곧 준비가 끝났는지 두 눈을 감았다.

그리고 아름다운 음색이 둘의 귓속으로 파고들었다.

"하늘이 눈물을 흘리죠. 땅이 눈물을 흘리죠. 바람이 눈물을 흘리죠. 바다가 눈물을 흘리죠…. 그래요. 그대와 저는 여기까지예요. 하늘에 떠 있는 태양이, 어둠을 밝혀주는 달빛이 그렇게 속삭이네요…….."

미네의 목소리를 들었을 때도 맑고 여성스럽다고 생각했다.

그런데 노래로 들으니 더욱 매력적이었으며, 마치 그리스 신화에 나오는 세이렌처럼 노래에 마력이 깃든 듯했다.

"정말 대단하군."

짝짝짝!

루운은 진심으로 감탄한 얼굴로 박수를 쳤고, 눈류 역시 저도 모르게 박수를 치며 환호했다. 태어나 지금까지 들어본 노래 중 단연 최고였다.

"헤헤. 부끄럽게……."

"아니야. 정말 좋았어. 아참, 그런데 눈류님. 이 노래의 유래를 아십니까?"

"유래요?"

얼굴을 붉히며 쑥스러워하는 미네를 쳐다보던 눈류는 루운의 말에 시선을 옮겼다.

"네. 눈류님과도 관계있는 분으로 인해 유래된 것입니다."

루운의 말과 함께 눈류의 머릿속으로 두 명이 스쳐 지나갔다.

노래는 음은 물론 가사도 슬프고 애절했다.

그리고 자신과 관계있는 이들이라면…….

"바로 가면의 기사와 레이첼 황녀입니다."

"그렇군요."

눈류는 흥미로운 표정으로 고개를 끄덕였다.

그들이 유명한 것은 알았지만 이런 노래까지 존재할 줄이야……

"그럼 언제 출발하실 것입니까?"

잠시 생각할 틈도 없이 들려온 루운의 질문에 눈류는 빠르게 계산한 뒤 대답했다.

"이틀 뒤, 이 시간에 출발하겠습니다."

"알겠습니다."

바로 퀘스트를 진행하고 싶은 마음이 굴뚝같았지만 현재 눈류는 졸린 상황이었다.

그리고 아이스 스톤을 찾는 기간이 얼마나 걸릴지 모르기에 푹 자둘 생각으로 이틀 뒤라 정한 것이다.

눈류는 곧 루운과 미네에게 인사를 한 뒤 엘프 마을로 향했고, 아직까지 엘프의 섬에 머무르고 있는 레몬과 기적, 루크와 리야, 라일라와 만나 음식과 수다를 즐겼다.

얼음의 섬에 어떤 변수가 기다리고 있는지 모른 채……

"오래 잤군."

일행들과 만난 후 로그아웃과 함께 바로 잠에 빠졌던 진하는 시계를 쳐다보며 중얼거렸다. 평소 6시간만 잤지만 만약을 대비해 10시간이나 자고 일어났으며, 몸을 한 번 가볍게 푼 뒤

세수를 했다. 차가운 물이 얼굴에 닿자 정신이 번쩍 들었다.

그리고 우유로 가볍게 공복을 달랜 뒤 2층 도장으로 올라가 몸을 풀었다.

주르르륵.

1시간 30분 동안 스트레칭을 비롯해 운동을 끝낸 진하의 이마에서 진한 땀이 흘렀고, 진하는 창문을 활짝 연 뒤 자리에 앉아 명상에 잠겼다.

도장 안에 공기 정화기가 설치되어 있어 몸 속에 들어오는 산소는 상쾌했고, 명상의 시간이 길어지면 길어질수록 입고 있는 옷이 젖을 정도로 땀이 체내에서 빠져나갔다.

"후우……."

30분의 시간이 흘렀다.

진하는 길게 숨을 내쉬며 양 손바닥을 비볐다.

그리고 손바닥에서 열이 나자 단전을 시작으로 다리와 팔, 발바닥까지 고루 매만져 주었다.

마지막으로는 자리에 대 자로 누워 단전에 양손을 갖다 대고 마무리 호흡을 해주었다.

그런 진하의 옷은 땀으로 온통 젖어 있었지만 전혀 땀 냄새가 나지 않았다.

물론 처음부터 그랬던 것은 아니었다.

처음 명상을 배웠을 때는 지독한 땀 냄새가 났다.

몸 속에 쌓여 있던 노폐물이 빠져나오면서 생기는 결과였다.

그러나 하루, 이틀… 한 달, 두 달이 지나자 아무리 땀을 흘려도 옷에서 땀 냄새가 나지 않게 되었다.

'아직인가…….'

진하는 단전에 정신을 집중하며 기를 느끼려고 노력했다.

하지만 라스트 월드에서처럼 풍족하기는 고사하고 아무런 흔적조차도 찾을 수 없었다.

"영약이라도 찾아야 하나? 하하."

진하는 자리에서 일어나다 저도 모르게 한 소리에 웃음을 터뜨렸다.

흔히 판타지, 무협 소설을 보면 마나와 내공 증가를 위해 신비한 약초를 먹는다.

인간이 아무리 노력해도 얻게 되는 기의 한계가 존재하기 때문이다.

"소설은 소설, 현실은 현실이지."

진하는 단전이 위치한 배 부분을 손바닥으로 한 번 친 뒤, 쓴웃음을 머금으며 집으로 내려갔다.

"오빠!"

"응. 밥 먹으러 가자."

도장에서 내려와 샤워를 하고 옷을 갈아입은 뒤 선예와 만난 진하는 대뜸 밥 얘기를 먼저 꺼냈다. 배가 고팠기 때문이었다. 그리고 오랜만에 생긴 여유 시간에 약이 아닌 제대로 된 음식을 먹고 싶었다.

함께 있으면 좋은 사람과 같이.

"뭐 먹을까요?"

"나 고기 먹고 싶은데."

"네. 그래요."

언제나 그렇듯 자신의 뜻대로 따라주는 선예의 머리카락을 한 번 쓰다듬어 준 진하는 자기가 잘 아는 유명한 고기 집으로 선예를 안내했다.

생갈비가 유명한 집이었는데 가격은 비싸지만 맛이 일품인 곳이었다.

"에… 오빠, 여기 너무 비싸지 않아요? 전에 TV에서 본 것 같은데……."

화려한 입구 앞에서 간판을 올려다본 선예가 얼떨떨한 표정으로 말했다. 맛집 프로그램에서 본 적이 있는 집이었기 때문이다.

"괜찮아. 얼마 전에 큰돈이 생겼거든."

"그래도……."

선예가 계속 머뭇거리자 진하는 부드럽게 웃으며 재차 말한다.

"가끔은 나도 이런 곳에서 먹어 보고 싶어. 들어가자."

"알겠어요……."

진하가 몇 번이나 더 말하고 나서야 선예는 수긍을 했고, 둘은 창가에 자리를 잡고 앉아 갈비살 5인 분을 시켰다. 평소 진하가 많이 먹는 편은 아니었지만 갈비살은 1인분에 130g이기에 살짝 넉넉한 양이었다.

'비싸긴 비싸구나.'

음식을 주문한 뒤 호기심에 메뉴판을 바라보던 진하는 쓴웃음을 머금었다. 얼마 전 방송국에서 받은 돈으로 온 것이지만, 만약 그런 공돈이 없었더라면 올 엄두도 내지 못할 정도의 가격이었다.

그래서 그런지 밑반찬들 역시 고급스럽고 보기 힘든 재료들 위주였으며, 잠시 후 고기가 나오자 진하는 침을 꿀꺽 삼켰다.

고기를 좋아하는 자신이 봐도 흔히 볼 수 없는 최고의 마블링이었다.

"맛있겠다. 아참, 이거 받아."

숯불로 달구어진 석쇠에 고기를 올리던 진하는 뒤늦게 선예를 부른 용건을 떠올리며 자켓 안쪽 주머니에서 흰 봉투를 꺼내 내밀었다.

"이게 뭐예요?"

"아, 라르크 손해를 좀 봐서 돈으로 대신 갚는 거야. 그때 너에게 빌린 라르크. 현재 라르크 거래 시세로 계산했어."

"에? 싫어요. 안 받을래요."

"왜 그래? 받아. 그래야 다음에 또 빌리지."

손사래를 치며 거절하는 선예에게 진하는 웃음을 무기로 다시 건넸다.

"이 집 고기 값으로도 제가 빌려준 라르크는 넘어요. 받기 싫어요……."

하지만 선예는 정말 원하지 않는 듯 봉투에 시선조차 두지 않았고, 진하는 그런 선예의 마음을 알면서도 끝내 손에 쥐어 주었다. 그리고 황급히 뭐라 말하려는 선예의 입을 막기 위해 잘 익은 갈비살 한 점을 집어 먹여주었다.

"오빠… 으읍."

"맛있지?"

결국 환하게 웃으며 은근슬쩍 회피하려는 진하의 모습에 선예도 웃음을 터뜨리고 말았고, 진하와 헤어져 집으로 돌아온 선예는 봉투를 보며 한숨을 내쉬다 안을 확인했다.

그 안에는 자신이 빌려준 라르크의 몇 배나 되는 돈이 들어 있었다.

그 시각, 진하는 검은색 봉지를 들고 집에 도착했다.

가족들에게 주기 위해 추가 주문을 해서 싸온 것이었고, 그런 진하의 눈에 거실에 앉아 있던 박하가 들어왔다.

"아버지, 은하랑 이거 드세요."

"그게 뭔데?"

"그 유명한 청어람 고기집의 갈비살이에요."

"컥! 먹으면 일 인분만 더 달라고 눈물 흘리며 사정하게 된다는 그 갈비살?!"

'아버지만 그렇거든요…….'

진하는 실소를 흘리며 고기와 함께 봉투를 꺼내 내밀었다.

선예와 마찬가지로 현금으로 라르크를 갚으려는 것이었다.

"그리고 이건 빌린 라르크요. 제가 라르크가 모자라서 그러니 돈으로 드릴게요."

"하하. 부자지간에 빌린 돈을 갚고 그러니? 네 돈이 내 돈이고, 내 돈이 내 돈인데!"

'네, 네, 그러시겠죠……'

얼굴에 홍조까지 띠며 봉투를 꼭 붙잡는 박하!

진하는 졌다는 듯 웃음을 터뜨리며 방 안으로 들어갔다.

이제 게임에 들어가 퀘스트를 해야 하기 때문이었다.

그런 진하의 방문을 향해 박하는 행복한 목소리로 외쳤다.

"아들아! 이 애비는 정말 받을 생각이 없었는데!! 이자는 잘 챙겼지?"

만약 갚지 않았더라면 평생 도장에서 부려먹을 계획까지 했던 박하였다.

물론 이자라는 명목으로 월급도 주지 않은 채!

라스트 월드 차원 판타지에 접속한 눈류는 루운에게 가기 전 창고를 뒤지고 있었다.

올라가야 할 곳이 얼음의 산이었기에 만반의 준비를 갖추기 위해서였다.

그래서 찾아낸 것이 미끄럼을 방지하는 아이템과 이전 빙하의 섬에서도 큰 도움을 받았던 체온석이었다.

미끄럼을 방지하는 아이템은 신발 밑에 장착하는 형식이었는데 자잘한 톱니처럼 생겼다. 그리고 체온석은 붉은색으로 이루어진 주먹 반만 한 아이템으로 인벤토리에 넣어두면 체감 온도를 상승시키는 효과가 있었다.

'혹시 모른다.'

눈류는 만약을 대비해 방어력은 없지만 따뜻한 털로 이루어진 속옷들마저 입었고, 포션들과 음식을 인벤토리에 가득 채운 후, 루운에게로 향했다.

스파아아앗!!

루운을 만난 뒤, 바로 미네와 함께 얼음의 산 입구로 텔레포트된 눈류는 밀려오는 추위에 이를 악물었다.

버프까지 받은 상황임에도 온몸이 덜덜 떨릴 정도의 기온과 칼날 같은 바람!

그러다 곁에 있는 미네가 걱정되어 쳐다봤다가 입을 쩌억 벌리고 말았다.

사실 오기 전에부터 걱정이 되었다.

자신과는 달리 미네의 옷은 아주 얇은 로브 형식이었기 때문이다.

그런데 미네는 아무렇지도 않은 듯 이리저리 뛰어다니며 눈과 얼음을 만지고 있었다.

"괘, 괜찮습니까?"

귀신을 본 듯한 눈류의 표정에 미네는 정말 괜찮은 듯 고개를 끄덕였다.

"사실 제가 입고 있는 옷은 마법 로브예요. 장로님이 만드신 것이라 성능도 뛰어나고요. 이 정도 추위는 아무것도 아니에요!"

'이 망할 영감탱이!'

눈류는 이를 악물었다.

출발하기 전 혹시나 하는 마음에 추위를 날려주는 마법 물품이 있냐고 물었을 때 분명 없다고 했었다!

그런데 미네에게는 저렇게 뛰어난 로브까지 주었다니!

정말 저 로브밖에 없는 것일 수도 있지만 그동안 보여진 루운의 실력이라면 짧은 시간 안에 만들 수 있을 것이었다.

그 말인즉, 너는 고생해라!

'크흑. 이제는 엘프들조차 나의 뛰어남을 시기하는구나.'

눈류는 고개를 설레설레 흔들었다.

시련이 밀려오면 자신은 더욱 강해진다!

누구를 탓하겠는가!

너무나 잘난 자신을 원망해야지!!

스스로 제정신을 차리는 것과 함께 주변에 정상적이지 못한 지인들을 정리하는 것이 급선무였지만 눈류는 오로지 스스로를 극찬하며 아픔을 승화시켰다.

천상천하 유아자뻑!!

삶이 괴로울 수밖에 없는 눈류였다.

"아참, 그렇지."

막 미네와 함께 경사지고 눈과 얼음으로 뒤덮인 얼음의 산을 올라가던 눈류가 뒤늦게 손뼉을 치며 한탄했다. 그러더니곧 류화를 소환했다.

"꺄아! 예뻐요!"

끼잉. 끼잉.

류화는 소환되자마자 추운지 몸을 바르르 떨었고, 처음으로 류화를 본 미네는 비명을 지르며 품에 안았다.

"류화야, 봐라. 이 얼마나 아름다우냐?"

눈류는 자상한 표정으로 류화의 머리를 쓰다듬었다.

그 모습만 보면 조금 더 빨리 이 아름다운 광경을 보여주지 못해 안타까워하는 것 같았다.

하지만 실제 마음은 전혀 달랐다.

'슬프구나. 이 추위와 고통을 조금이라도 함께 겪어야 했는데.'

잠깐이지만 고통을 혼자 느낀 애석함!

그로 인해 눈류의 표정은 안타까움에 젖어 있었고, 미네와 류화는 그런 진심도 모른 채 감격하며 이리저리 뛰어다녔다.

"이제 조금만 더 가면 산 중턱이 나올 거예요."

온통 눈밖에 보이지 않는 산을 오르기 시작한지 5, 6시간이 지났을 때 미네가 밝은 표정으로 말했다.

"다, 다행이군요."

하지만 대답을 하는 눈류의 상태는 심하게 좋지 않았다.

마치 바이브레이션을 몸으로 표현하는 듯한 모습!!

"음, 힘들어 보이네요. 제가 노래를 불러드릴까요? 제 노래에는 추위를 가시게 하는 힘도 있어요."

끄덕, 끄덕!

눈류는 서둘러 동의했다.

현재 자신은 가면의 아이템을 모두 착용했고, 스킬 카리스마까지 발휘한 상태였다. 그래도 견디기 힘들 만큼 춥고 괴로 웠다. 그러니 추위를 가시게 하는 미네의 노래를 듣는다면 지 금보다는 훨씬 나을 것이다.

"아아, 잠시만요. 힘을 주는 노래는 일반적인 노래와 달라 서⋯⋯."

미네는 목청을 한 번 가다듬더니 두 눈을 감았다.

그러자 눈류는 자신의 눈을 의심했다.

노란색의 빛 무리들이 전신에서 뿜어져 나와 목으로 이동하 는 것이었다.

'신기하구나.'

그렇게 3분이란 시간이 흘렀다.

그동안 눈을 감고 있던 미네가 그때서야 큰 눈을 활짝 뜨며 숨을 크게 들이마셨다.

그와 함께 목에서 빛나는 노란색의 기운도 점점 커졌다.

마치 드래곤이 브레스를 쓰기 직전의 모습!!

눈류는 곧이어 들릴 아름다운 음악을 상상하며 두 눈을 감 았다.

그리고 곧 그의 귓속으로 미네의 아름⋯ 답지 못한 노래가 파고들었다.

"하늘아 나를 버리지 말아줘!! 아에이오우!! 우우!!"

'커어억!!'

눈류는 황급히 두 귀를 막았다.

고막이 파열될 것 같은 고음!!

'이, 이런!!'

분명 능력이 올라가는 듯한 느낌이 들고 지친 체력과 힘이 회복되었으며, 열기가 몸 주변으로 돌았다.

그런데 문제는 얻는 것 이상의 고통!! 정말 하늘마저 버릴 목청!!

우르르르르!!

그때였다.

괴이한 소리와 함께 진동을 느낀 눈류가 황급히 미네의 곁으로 다가갔다. 그녀 역시 강하다는 것을 알 수 있었지만 남자로서 나온 자연스러운 보호 본능이었고, 마침 미네 역시 노래를 멈췄다.

그런 미네의 표정은 사색이 되어 있었다.

"아… 깜빡했어요."

"뭐가요?"

"여기는 눈사태가 일어나기 쉬운 경사이고, 힘을 싣는 제 노래에는 눈사태를 일으킬 힘이 있다는 것을요."

"……."

눈류는 설마 하는 심정으로 고개를 들었다.

그리고 보고 느낄 수 있었다.

진동이 더욱 심해짐과 함께 눈들이 쏟아져 내리는 것을…….

"이제 얼마 남지 않았어요."

눈사태를 비롯해 몇 차례의 위기를 넘긴 눈류와 미네, 류화
는 어느덧 정상에 가까워지고 있었다.

다행스러운 것은 중반을 넘어서면서부터는 눈은 보이지 않
고 온통 얼음 천지였기에 미네가 노래를 불러도 눈사태가 일
어나지 않았다는 점이다.

"또 노래 불러드릴까요?"

눈류가 지친 기색을 보이며 차가운 빙판에 앉아 빵과 물을
먹자 미네가 곁에 다가와 촐랑대며 말했다.

"싫습니다."

단호히 거절하는 눈류.

그냥 부르는 노래라면 백 번, 천 번이고 들을 수 있었다.

하지만 기운을 실어주는 그 돼지 멱따는 고음은 정말 고역
이었고, 올라오는 내내 강제로 몇 번이나 들은 상태였다.

만약 더 노래를 듣다간 정말 미네에게 살심이 생길 것 같았
다.

스스스스.

그 순간 눈류는 자신들 외에 또 다른 기척을 느꼈다.

"몬스터군요."

얼마 남지 않은 빵을 입에 쑤셔 넣고 검을 뽑아 드는 눈류.

그러자 눈류의 거절에 입술이 불쑥 나와 있던 미네는 두 눈
을 반짝였다.

몬스터들과 전투를 치러야 하는 상황!

그렇다면 자신의 노래가 필수적으로 필요하다!

"여덟 마리……."

"눈류님, 기다리세요! 제가 노래를 불러드릴게요!"

"컥!! 괜찮… 크윽!"

눈류는 황급히 미네를 막으려고 했다.

하지만 원숭이를 꼭 빼닮은 얼음 몬스터들이 가만히 있지 않았고, 눈류는 말을 잇지 못하며 몇 발자국 물러섰다.

그사이 미네는 노래를 부르기 위한 준비를 하고 있었다.

'아니, 뭔 노래를 부르는데 몇 분이나 걸려!'

눈류의 검이 한 마리의 목을 사선으로 베어버렸다.

레드 마나로 인해 화염계 추가 데미지를 가지게 된 검은 얼음으로 이루어진 몬스터에게 더욱 큰 힘을 발휘했고, 몬스터는 방어 한 번 하지 못한 채 결정체가 되어 흩날렸다.

'약하군.'

한 마리를 해치우자 안도의 한숨을 내쉬는 눈류.

지금까지 몬스터가 단 한 마리도 나타나지 않았기에 얼마나 강한지 짐작을 할 수 없었다.

물론 몸이 크게 긴장하지 않았기에 대략 몬스터들의 능력을 짐작할 수 있었지만, 그것만으로는 안심할 수 없었다.

그런데 직접 겪어보니 적지 않은 수에 비해 큰 어려움이 없을 것이란 확신이 들었다.

"그림자 조각! 바람의 비명!!"

눈류는 빠르게 스킬을 시전했다.

그러자 여덟 마리의 몬스터들은 얼마 지나지 않아 모두 죽음을 맞이하며 사라졌다.

그러나 눈류의 적은 몬스터가 아니었다.

번쩍!!

검을 인벤토리에 집어넣으며 노래를 부르지 않아도 된다고 말하려던 눈류.

그때 막 두 눈을 뜬 미네와 시선이 마주쳤고, 말릴 새도 없이 귓속을 파고드는 맑고 고운… 이 아닌 때려죽이고 싶은 소리.

"우오이에아!! 삶이 이렇죠!!"

'귀야… 지켜주지 못해 미안해…….'

눈류는 체념한 표정으로 빵 조각으로 귀를 틀어막으며 사과했다.

그리고 미네의 품에 있던 류화는 이제 익숙한 듯 자연스럽게 짧은 앞발로 자신의 목을 쳐 기절 상태로 들어갔다.

인간과 펫의 살기 위한 노력을 볼 수 있는 순간이었다.

Part 3

마나의 벽

The Cknight of Cmask

'또 죽었어.'

눈류는 입술을 잘근 씹으며 깊은 한숨을 내쉬었다.

몇 번째 도전이고 실패인지 셀 수가 없을 정도였고, 그만큼 오랜 시간이 흘렀다.

'빌어먹을 루운…… 별로 어렵지 않을 것이라고?'

속으로 루운을 향해 욕설을 내뱉는 눈류.

사실 그의 말을 믿지는 않았지만 이 정도일 줄은 생각도 하지 못했다.

처음 얼음의 섬 정상에 올랐을 때 눈류는 크게 기뻐했다.

이제 퀘스트가 얼마 남지 않았다고 확신했으며, 얼음으로 이루어진 정상 한가운데에 형성되어 있는 신비한 호수를 보며 감탄하고 구경하는 여유도 있었다.

하지만 모든 것은 예상을 초월했다.

처음에는 그냥 맨몸으로 사람 대여섯 명이 들어갈 수 있는 넓이의 호수로 들어갔다.

비록 밖에서 봐도 대단히 깊다는 것을 알 수 있었지만 무모함이라면 박하다를 제외하곤 따라올 자가 없는 눈류였고, 시간 끌고 싶지 않았기 때문이다.

그러나 눈류는 곧 자신의 생각을 수정해야 했다.

들어가는 순간 온몸에 퍼지는 차가운 기운!

지독하고 또 지독했다.

호흡이 딱 멎을 정도로 시렸으며, 물 속에 들어가면 뜨는 숨 게이지가 줄어드는 속도도 일반 물에 비해 순식간이었다.

결국 그림자 조각을 쓰기도 전에 눈류는 고통을 느끼며 사망했다는 메시지를 볼 수 있었다.

그나마 다행인 점은 죽을 경우 물 밖에서 젖은 상태로 부활한다는 것인데, 거기에 대한 의문을 품은 미네에게는 위험할 때 발휘되는 근거리 텔레포트 물품이 있다고 설명했다.

그 후 반복되는 일상이었다.

푸른빛이 살짝 풍기는 얼음의 산 한가운데에 위치한 호수에 뛰어들고, 죽으면 다시 부활하였다.

그러다 5일 정도가 흐르자 눈류는 다른 방법을 찾기 시작했다.

처음부터 그림자 조각을 발휘하며 들어가 봤고, 미네의 마법 로브를 억지로 빼앗아 입기도 했다. 그런데 어떻게 해도 아이스 스톤을 보기도 전에 죽자 방법을 변경한 것이다.

그런 눈류가 떠올린 것은 바로 마나였다.

마나를 끌어올려 몸을 보호할 수 있다면?

검에 스킬을 이용해 마나를 씌울 수 있지만 아직 몸에는 해 본 적이 없었다.

더불어 쉽게 될 일이 없다는 생각도 들었다.

그러나 다른 방법이 존재하지 않았고 포기할 수도 없기에 눈류는 그나마 가능성이 있는 마나를 응용해 보고자 결심했다.

처음 가면의 기사가 될 때도 마나를 느끼고 발휘할 수 있을 것이라 생각 못했지 않은가.

생각을 정리하자 행동은 바로 이어졌다.

눈류는 그날 이후 불가능은 없다고 믿으며 마나에만 모든 신경을 집중했다.

마나를 느낄 수 있고 움직일 수도 있으며, 다른 물건에 주입할 수도 있었다. 하지만 마나 자체를 몸 밖으로 끌어낸다는 것은 생각으로만 가능한 것인지 시간이 흐르고 흘러도 진전이 없었다.

그렇게 눈류는 게임에 접속하면 호수에 몇 번 뛰어들었다가 명상을 했고, 답답함이 느껴질 때는 몬스터들을 사냥했다.

정상에는 그 어떤 것도 존재하지 않았다.

둥근 원으로 이루어진 얼음. 그것이 전부였다.

하지만 정상에서 조금만 내려가면 몬스터들이 바글바글거렸다.

얼음 원숭이들을 비롯해 키가 4m가 넘는 설인도 있었고, 쥐와 토끼를 합친 듯한 놈들도 존재했다. 그들의 특징이라면 모두 능력에 비해 많은 경험치를 준다는 것!

그래서 눈류는 진전이 없어 초조할 때는 몬스터들을 하염없이 사냥했고, 그로 인해 레벨도 부쩍 오른 상태였다.

그리고 명상을 시작한 지 15일이 지났을 때 눈류의 얼굴에 밝은 빛이 떠올랐다.

지금까지는 벽이 존재했었다.

그것이 무엇인지는 알 수 없지만 마나를 단전에서 움직여 몸 밖으로 뿜어내려고 하면 벽에 부딪친 듯 꿈쩍도 하지 않았다.

그래서 눈류는 그 벽에 쉬지 않고 마나를 부딪쳤다. 그럴 때마다 지독한 통증이 밀려왔고, 어떤 불상사가 생길지도 모르는 위험한 방식이었지만 눈류는 그것이 최선이라 믿으며 실행했다.

그러다 드디어 마나가 벽을 조금씩 밀어내기 시작한 것이다.

"이제 얼마 남지 않았어."

막 호수 속에서 죽어 부활을 한 눈류가 희망찬 어조로 말하며 자리에서 일어섰다.

얼음의 산 정상에 오른 지 어느덧 한 달.

얼마 전 벽이 허물어진다는 것을 느낀 이후부터 진행 속도는 더욱 빨라졌다.

그리고 지금, 조금만 더 부딪친다면 단단히 막고 있던 벽이 깨질 것 같다는 확신이 생겼다.

'참 시간이 많이 지났군.'

눈류는 푸른빛 호수를 잠시 쳐다보다 마음속으로 중얼거렸다.

그동안 라스트 월드에도 몇 가지 변화가 있었는데, 일단 새로운 레전드가 셋이나 탄생했다. 그리고 상위 길드들의 위치가 변경되기도 했으며, 엘프 대륙과 다크 엘프 대륙에서 새로운 마을이나 던전, 사냥터가 많이 발견되었다.

'빨리 끝내야 해.'

눈류는 발걸음을 옮기며 다짐했다.

레벨 업은 다른 사냥터보다 느린 편은 아니었다.

오히려 비슷하거나 조금 더 빠른 정도였다.

하지만 벗어나는 것이 혜택이 더 많았다.

그리고 얼마 후에 벌어질 성향 이벤트에도 참가하고 싶은 눈류였다.

"루운, 그대를 어찌하면 좋을까?"

눈류는 나무로 만들어진 집을 쳐다보며 쓴웃음을 흘렸다.

마음 같아서는 정말 어떻게든 골탕을 먹이고 싶지만, 절대 쉬운 상대가 아니었다.

당장 눈앞에 있는 집만 봐도 알 수 있었다.

집은 루운이 마법으로 이동시켜 준 것인데, 작은 사물이나 사람도 아닌 몇 명이 쉴 수 있는 집 자체를 옮긴다는 것은 그의 마법 경지를 자세히 알게 해주었다.

괜히 시비라도 붙였다가는 몇 배로 되갚아줄 존재!

너무나 얄밉고 생각만 하면 분노가 치솟지만 그래도 참아야 한다!

화가 나도 참고, 짜증나도 참고, 서럽고, 눈물나도 참아야 한다!

'그래. 나는 기적과 카르마로 인해 인내심 하나는 최고다! 참자, 참자! 똥은 더러워서 피한다고 했다. 에잇! 변 같은 장로!'

집을 보자 자연적으로 떠오르는 루운을 한참이나 씹던 눈류는 집 안으로 들어가 명상에 잠겼다.

그 시각, 차를 마시던 루운은 귀를 후볐다.

선예는 집을 나서기 전 몇 번이나 망설였다.

이제는 아무 사이가 아님에도 불구하고 왠지 초조했고 진하에게 미안했다.

그러나 곧 결심을 굳힌 뒤, 은정에게도 비밀로 한 채 집을 나가 약속 장소인 커피숍으로 향했다.

"여기야."

커피숍에 도착하자 20대 초반의 남자가 자리에서 일어나며 손을 번쩍 들었다.

패나 신경 쓴 검은색 세미 정장 차림의 남자는 얼핏 귀엽게 생긴 호감형에 키는 170㎝ 정도였다.

"오랜만이지?"

"그러네요, 시민 오빠."

선예는 자리에 앉으며 힘없는 목소리로 대답했다.

보고 싶은 마음도 있었지만 거의 반 협박과 부탁에 못 이겨 나오게 된 자리이기에 불편함이 얼굴에 역력했다.

"너무 티낸다. 그래도 한때는 연인이었는데."

시민의 말에 막 음료를 시키던 선예의 표정이 살짝 굳어졌다.

시민의 말처럼 둘은 3년 전에 사귀었던 사이이다.

그때 16살이던 선예는 그의 고백에 자신도 싫지는 않았던지라 받아들였었다.

하지만 몇 달이 채 지나지 않아서 시민은 바람을 핌과 동시에 선예에게 이별을 통보했고, 훗날 선예는 사랑을 느끼기 전에 시민과 헤어진 것을 다행이라 생각했다.

그런데 몇 년 만에 요즘 유행하고 있는 개인 홈페이지에 쪽지가 온 것이었다.

선예는 처음 쪽지를 보고 답장을 망설였다.

그가 어떻게 자신을 찾았는지는 중요하지 않았다.

요즘 세상에 인터넷에서 사람 하나 찾으려고 마음먹으면 얼마든지 찾을 수 있으니 말이다.

결국 선예는 그에게 답장을 보냈다. 그의 성격을 잘 아는 탓이었다.

집요하고 집착이 심한 그가 자신의 홈페이지를 찾은 마당에 답장을 안 한다고 해서 그냥 끝날 리 없다고 판단했기 때문이다. 그리고 비록 안 좋게 끝났다 할지라도 한때 연인이었던 사람이 지금 어떻게 지내는지 궁금하기도 했다.

그러다 무심결에 폰 번호를 알려준 것이 가장 큰 실수였고, 계속되는 부탁에 끝내 거절을 하지 못한 성격도 이유였다.

그래서 결국 여기까지 오게 된 것이었다.

"그동안 잘 지냈어?"

"네. 잘 지냈어요."

선예는 시민의 여러 질문에 대답하며 시원한 딸기 음료로 입을 축였다.

그러는 선예의 머릿속에는 진하가 떠올랐고, 그러자 진하가 보고 싶어졌다.

하지만 현재 퀘스트에 열중하고 있는 진하를 방해할 수도 없는 노릇이기에 생각만으로 끝내야 했다.

"너 많이 보고 싶었다."

"……."

"너는 나 안 보고 싶었냐?"

선예는 아무런 대답도 하지 않았다.

지금에 와서는 쓴웃음이 나오는 추억밖에 되지 않지만 당시에만 해도 얼마나 가슴이 아팠던가.

그런 자신을 헌신짝 버리듯 버리고 간 사람이 이제와 저런 말을 하다니…….

"사실… 흐흠."

선예가 계속 침묵을 지키자 시민은 뻘쭘한 표정으로 무엇인가를 말하려고 하다 헛기침을 했다. 그리고 음료로 목을 축인 뒤 재차 말했다.

"나 다시 너와 만나고 싶은데."

"저 좋아하는 사람 있어요."

선예는 말을 돌리지 않고 단도직입적으로 말했다.

다른 이에게 상처가 되는 말은 최대한 피하고 그런 상황을 만들지 않으려고 한다. 그러나 진하와 관련된 일이라면 달랐다. 만약 지금 확실하게 밝히지 않는다면, 그는 분명 자신을 힘들게 할 것이었다.

"좋아하는 사람?"

"네…….."

"그게 누군데?"

시민의 질문에 실소를 흘리는 선예.

"오빠가 모르는 사람이에요."

시민은 말없이 음료수를 마시며 생각에 잠긴 듯했고, 선예는 그만 자리에서 일어서려고 했다. 하지만 그런 선예를 붙잡는 시민.

"오랜만에 만났는데 왜 벌써 가려고 그래? 밥이나 한 끼 먹고 가."

"괜찮아요…….."

"그래도 그렇지. 내가 이렇게 부탁하잖아."

선예는 몇 번이나 더 거절하다가 계속되는 그의 부탁에 결국 고개를 끄덕였다. 사람들의 시선도 시선이었지만, 어차피 시민은 밥을 먹기 전까지는 자신을 보내주지 않을 것이라 확신했기 때문이다.

"그럼 밥만 먹고 갈게요."

"그래, 알았어."

결국 선예와 시민은 근처 고기 집으로 향했고, 밥을 먹으며 한참이나 대화를 나누었다. 주로 시민이 얘기하면 선예는 가끔 대답만 하며 듣고만 있는 편이었다.

그런데 그때 선예의 관심을 끄는 얘기가 튀어나왔다.

"아참, 너 라스트 월드 하나? 나 그거 나올 때부터 했는데."

시민의 질문에 저도 모르게 고개를 끄덕인 선예는 뒤늦게 아차 싶었지만 이미 엎질러진 물이었다.

"그래? 잘됐네. 아이디 뭐야? 내가 쩔해줄게. 이래 봬도 나 고렙이야."

"네? 그게……."

"야. 다시 사귀지 않더라도 오빠, 동생으로 지낼 수 있잖아. 그런데 아이디도 안 알려주냐?"

선예가 머뭇거리자 시민은 살짝 화난 표정으로 말했고, 결국 선예는 아이디를 알려줬다.

"그렇군. 그런데 네가 좋아한다는 사람도 라스트 월드 해?"

"아니요."

일이 꼬일 수도 있다는 생각에 거짓말을 한 선예. 그러자 시민의 표정에 아쉬움이 지나갔다.

"뭐, 상관없지. 하여튼 내 아이디는 말이야……."

선예는 두 눈을 놀란 토끼처럼 크게 떴다.

자신의 눈앞에 있는 그가 설마 그렇게 유명한 유저일 줄이야.

전혀 예상하지도 못했던 일이기에 놀라움은 더욱 컸고, 속으로 안도의 한숨을 내쉬었다.

만약 그에게 진하가 게임을 한다고 했다면 어떤 일이 생길지 알 수 없었다. 그 정도로 라스트 월드에서 그의 존재는 진하조차 위협할 수 있으니.

"그럼 저 이만 갈게요."

시민이 계속 데려다 준다고 했지만 집 위치만은 알려주기 싫기에 선예는 끝내 거절했고, 인사와 함께 황급히 택시에 탑승했다. 그러자 홀로 남은 시민이 미소를 지으며 의미심장한 말을 중얼거렸다.

"좋아한다라……. 그러면 사귀는 것은 아니라는 말이지?"

"말해보지 그래?"

라렐이 음성 채팅으로 조심스럽게 묻자 아린은 고개를 저었다. 그 모습에 마음이 좋지 않은 듯 안타까운 한숨을 내쉬는 라렐.

"그래도… 괜찮겠어?"

라렐의 두 번째 질문에 아린은 희미한 미소를 지으며 고개를 끄덕였다. 그리고 눈앞에 놓인 술잔을 집어 들었다.

현재 라렐과 아린은 박하다와 만파, 진선과 함께 바람이 머무는 곳에 모여 술을 마시고 있었다. 가끔 샤인이 박하다에게 오늘은 술을 마셔도 된다고 하면 이렇게 술 파티가 열렸고, 만취 길드인 다섯은 절대 빠지지 않았다.

꿀꺽, 꿀꺽.

목구멍으로 쓰면서도 달콤한 붉은빛 술이 넘어가자 아린의 얼굴이 붉게 물들었다. 이미 열 몇 잔의 술을 마셔서 취기가 오른 상태였다.

'에휴…….'

아린은 애써 웃는 얼굴을 유지하며 재차 술로 목을, 아니… 마음을 축였다.

그에게 그런 감정이 생긴 것은 오래되지 않았다. 처음에는 단지 호감형 스타일이라고 생각했을 뿐이다. 그런데 시간이 흐르며 같이 사냥도 몇 번하고, 현실에서 문자도 주고받았다. 더불어 얼마 전에는 현실에서 만나기까지 했다.

그때부터 그가 남자로 보이기 시작했다.

'고백 하나 못하다니…….'

서로 사는 지역도 다르기에 실제 연인이 될 욕심은 내지 않는다.

하지만 게임 안에서 만큼은 그의 여자이고 싶은 마음이 간절했다. 그러나 아린은 망설이고 또 망설이고 있었다. 혹여나 지금의 관계도 멀어질까 하는 부담감 때문이었다.

'모르겠다……'

몇 번이나 스스로에게 묻고 또 물어도 명쾌한 결심이 서질 않자 아린은 술로 답답함을 풀기 시작했다. 그 결과 취함을 넘어 술이 아린을 잡아먹기 시작했고, 끝내 만취 상태가 되어버렸다.

"으하하! 우리 아린이는 재간둥이구나!"

"그러게 말이네!"

"그런데 에시 이놈은 왜 아직 안 오나!!"

"지금 오고 있는 중이라 하네!"

"으하하하!!"

칸으로 인해 다른 유저들은 볼 수 없는 공간에서 박하다와 만파, 진석은 흐뭇한 표정으로 박수를 치며 아린의 흥을 돋구었다. 그러자 이미 짐승 모드가 된 아린은 코에 휴지와 비슷한 기능의 타넬을 찢어 꽂은 채 테이블 위에 올라가 엉덩이춤을 더욱 열심히 췄고, 비슷한 상태가 된 라렐은 입술을 O자로 만들고 말린 생선을 든 채 그런 아린을 응원했다. 그때 박하다가 큰 목소리로 외쳤다.

"대포 발사!!"

"대포 발사!!"

두 눈이 풀리고 입에서 침까지 흘리는 아린은 박하다의 말을 따라 외쳤고, 거수경례까지 하며 코에 힘을 주었다. 그와 함께 막 도착한 에시!

피슝! 피슝!

순간 인사를 하는 그의 입을 향해 날아가는 촉촉하게 젖은 타넬 뭉치 둘!!

"늦어서 죄… 커컥!!"

"……."

"……."

모두의 시선이 에시에게로 향했다. 더불어 잠시 동안 침묵이 흘렀다.

그러나 박하다의 한마디에 모든 상황이 정리되었으니…….

"배가 많이 고팠나 보군. 으하하!"

"그러게 말이네!"

"으허허! 추잡한 놈이구먼. 콧물도 먹고!!"

졸지에 추잡한 인간이 되어버린 불쌍한 에시였다.

"아… 이상해."

게임에서 로그아웃을 한 재익은 목구멍을 매만졌다.

콧물 묻은 타넬을 먹은 감촉이 현실에서도 느껴지는 듯해 저도 모르게 헛구역질을 했다. 그러다 만취한 아린의 모습을 떠올리며 실소를 흘렸다.

직접 만나본 아린은 수줍음이 많았고, 귀엽게 생겼다. 그리고 함께 술도 마셔봤지만 게임에서만큼 심각한 상태는 되지 않았다.

'게임이 사람 여럿 망치는군.'

아린이 자신을 좋아해서 최대한 자제했다는 사실을 모른 채 재익은 라스트 월드 탓으로 돌리며 휴대폰을 꺼내 들어 만지작거렸다.

그녀가 떠올랐다. 하룻밤 상대에서 이제는 파트너가 되어버린 그녀. 몇 번 만나다보니 연락처도 알게 된 상황이었다.

'해볼까?'

하지만 재익은 망설였다.

자신의 설득에 끝내 전화번호를 알려주기는 했지만 먼저 연락하지 말라는 그녀의 말 때문이었다.

"뭐, 너무 보고 싶은데 어때."

그러나 길게 생각하지 않으며 지정된 이름을 부르는 재익.

이성보다 감정이 앞섰으며, 망설임보다 그리움이 더 큰 탓이었다.

곧 그렇게 듣고 싶어하던 그녀의 목소리가 귓가에 아련히 퍼졌다.

"여보세요?"

"나야."

"……."

아무런 대답이 들리지 않았다.

'역시인가?'

재익은 뻔히 보이는 결과에 쓰게 웃었다.

그런데 예상 밖의 대답이 들려왔다.

"지금 어디야? 풀고 싶어."

"어? 나 지금 회사인데 이제 나가려고. 어디에서 만날까?"

"DX."

"알았어. 그리로 갈게."

재익은 놀랍지만 기쁜 표정으로 전화를 끊었고 사무실 안에 준비된 정장으로 갈아입은 뒤 서둘러 차를 몰아 그녀와의 약속 장소로 향했다. 그동안 몇 번 만나며 알게 된 점 중 하나가 그녀는 기다림을 싫어한다는 것이었다.

전에 한 번 약속 시간에 늦었다가 얼마나 곤혹을 치렀던가.

재익은 크게 울려 퍼지는 음악에 어깨를 살짝 흔들며 춤을 추는 이들을 바라보다 시원한 얼음이 가득 담긴 술을 한 모금 마셨다.

아직 낮이었지만 많은 이들이 각자의 목적과 이유를 가진 채 미친 인간들처럼 흔들며 마시고 있었고, 20분 정도 혼자 술잔을 기울이던 재익은 방긋 웃었다. 그녀가 도착했기 때문이다.

"일찍 와 있었네."

여자는 그 한마디를 하고 말없이 술을 마셨다. 그러자 재익 역시 아무런 말을 하지 않으며 미소만 지을 뿐이었다.

그녀의 표정을 보아하니 화가 나 있는 듯했고, 화가 나 있는 그녀에게는 달콤한 말보다는 침묵을 지키며 술 상대를 해주는 것이 좋다는 사실을 알기 때문이었다.

"가자."

그렇게 한 시간 가까이 술을 마셨을 때 여자가 살짝 붉어진 얼굴로 말했고, 재익은 기다렸다는 듯 자리에서 벌떡 일어섰다. 드디어 기다리던 그 시간이 온 것이다.

"오늘은 좀 거칠었던 것 같네. 무슨 일 있었어?"

재익은 관계를 마친 후 샤워를 하고 나오며 물었다. 그녀에게 물어볼 기회가 지금뿐이었고, 속된 말로 몸을 푼 이후에는 얘기를 잘하는 편이었다.

"아, 별것 아냐. 그냥 짜증나게 해서."

"남자 친구?"

"어."

그녀에게 남자 친구가 있다는 말을 이전에 들었지만, 그때도 지금도 재익은 상관하지 않았다. 자신 역시 한 여자로 만족 못하듯 그녀도 다를 바 없다고 생각하기에.

"그랬군."

"큭. 지금쯤 걱정에 안절부절못하겠지. DX에 들어가면서 휴대폰도 꺼버렸거든."

"확실히 남자를 잘 아는군."

"남자를 잘 알기보다는 그를 잘 아는 것이지."

'아니… 너만큼 남자를 잘 파악하고 이용하는 여자는 본 적이 없어.'

속의 말까지는 차마 하지 못한 재익은 실소를 흘리며 옷을 입었다.

"이 시간에 만난 것은 처음이네. 밥이나 먹으러 가자. 배고파."

"그래."

어느덧 날이 어두워진 상태였다.

그런데 평소와 다른 점은 들어온 것이 아닌 나가려는 것이었고, 재익은 그녀와 함께 근처 고기 집으로 향했다.

그 시각, 찬성은 취기 어린 얼굴로 자리에서 일어섰다.

그런 그를 친구들이 부축했지만 괜찮다는 말과 함께 찬성은 홀로 술집을 빠져나와 비틀거리는 걸음으로 거리를 걷다 하늘을 처다봤다.

밤하늘은 변함이 없었다.

언제나 달이 떠 있었고, 별이 반짝거렸다.

그 속에서 찬성은 포근함을 느끼며 미소를 지었다.

어릴 때부터 유독 하늘을 좋아했었다. 이유는 없다. 그냥 하늘, 그것도 밤하늘이 좋았다. 힘들고 답답할 때, 눈물이 흐를 때 이렇게 술 한잔을 마시고 한참이나 하늘을 바라보는 것도 그런 이유 탓이었다.

"야, 하늘에 돈이라도 있냐?"

문득 예전에 진하가 했던 말이 머릿속에서 스쳐 지나갔다.

그때의 자신은 꿈과 미래가 있다고 했지만 지금이라면 추억이 흐르고 있다고 대답했을 것이다. 그러나 더 이상 진하는 자신의 곁에 없다.

"어떤 결과든 내가 만드는 것이지. 그러니 후회하면 안 되지……."

혼자 중얼거리며 찬성은 재차 거리를 걸었다.

오늘은 유독 진하 생각이 많이 나는 하루였고, 개인적으로 마음도 좋지 않았다.

그래서 이렇게 많은 양의 술을 마셨던 것이지만, 오히려 술이 취하자 진하에 대한 생각이 더욱 선명해졌다.

언제나 자신이 힘들고 혼자 있기 싫을 때 진하가 곁에 있어 준 탓이었다.

문득 은진에게 전화를 걸려던 찬성은 고개를 흔들며 휴대폰을 바지 주머니에 집어넣었다. 언제부터인지는 모르게 은진과 함께 있는 것이 마냥 즐겁지는 않게 느껴졌다. 그리고 이런 기분일 때는 더욱 함께해서는 안 된다.

터벅, 터벅.

찬성은 무작정 걸었다.

자신이 어디로 가는지도 모른 채 단지 바람에 휩쓸려 걷고 또 걸었다.

그러다 정신이 들어 고개를 두리번거리다 쓸쓸하게 웃었다.

어느새 자신도 모르게 진하가 사는 집 앞에 온 것이었다.

'바보 같은 놈.'

찬성은 스스로를 질책하면서도 더 이상 움직이지 않은 채 진하의 집을 바라봤다.

마음속에서는 여기에 있으면 안 된다고, 어서 가라고 외쳤지만 몸은 마음의 말을 거부했다. 어쩌면 은진이 조금씩 변해 간다고 느끼는 탓인지도 모른다.

자신이 진하와 인연을 끊은 것은 은진이 원해서였고, 그런 은진을 본인이 택했기에…….

'변함없구나…….'

찬성은 1층과 도장인 2층을 번갈아 보며 희미한 웃음을 지었다.

예전에 놀러왔던 기억이 새록새록 떠오르자 그리움과 반가움에 나타난 것이었다.

하지만 그런 찬성의 생각은 오래가지 않았다.

발자국 소리가 들리자 자신도 모르게 발길을 돌린 것이다.

찬성은 힐끗 자신의 곁을 스쳐 가는 여자를 바라봤다.

10대로 보이는 소녀는 연예인을 해도 될 만큼 예쁘장하게 생겼는데 진하의 집 앞에 멈춰 섰다. 그리고 그때 돌아보는 소녀와 눈이 마주쳤다.

'응?'

시민이와의 일로 고민을 하던 선예는 결국 진하를 보고 싶은 마음에 음식을 만들어 무작정 찾아왔다. 그러다 진하의 집 앞에 서서 구경하듯 바라보고 있는 한 남자를 발견하고는 자신도 움직임을 멈췄다. 남자는 오랫동안 집을 바라봤는데, 결국 기다리다 못한 자신이 다가가자 남자는 그때서야 움직였다.

그러다 선예는 초인종을 누름과 함께 고개를 돌려 남자를 쳐다봤다.

그러자 흔히 잘생겼다고 말할 수 있는 남자는 자신과 눈이 마주치자 흠칫하며 서둘러 사라졌다.

'누구지?'

남자가 사라진 텅 빈 골목을 보며 선예는 고개를 갸웃거렸다.

—마나의 깨달음으로 인해 마나실드가 마나의 벽으로 변화되었습니다.

—마나의 깨달음으로 인해 마나가 1000 상승합니다.

—마나의 깨달음으로 인해 스킬 발휘 시 공격력이 10% 향상됩니다.

'오래 걸렸지만 노력한 보람이 있어.'

눈류는 밝은 표정으로 명상에서 깨어나며 스킬창을 확인했다.

마나의 벽	Lv.80:30초 동안 마나로 몸을 보호한다. 그 어떤 공격에도 데미지를 입지 않으나 초당 생명이 200씩 소모된다. 소모마나:5000 제한:마나를 초월한 자.

'초당 200이면 총 6,000의 생명이 사라지는군.'

패널티도 존재했지만 그 어떤 공격에도 데미지를 입지 않으면 아무것도 아닌 수준이었다.

"성공했어요?"

눈류가 밝은 표정으로 자리에서 일어서자 곁에서 목을 풀고 있던 미네가 다급히 질문했고, 눈류는 고개를 끄덕였다.

아직 성공이라는 표현을 쓰기는 이르지만, 만약 이마저도 안 통한다면 어쩔 수 없이 포기할 생각이었다.

마나로 온몸을 감싼다는 말도 안 되는 생각을 해냈고, 한 달이 걸려 성공하게 되었다. 그런데 그 이상 무엇을 더 하겠는가.

"하지만 결과는 확신할 수 없습니다."

눈류는 희미한 불안감이 서린 얼굴로 미네를 향해 말했고, 잠시 후 류화, 미네와 함께 가볍게 배를 채운 뒤 신비한 호수를 향해 발걸음을 옮겼다.

'이제 생명 포션은 없다.'

그동안 몬스터들을 잡으며 빠른 레벨 업을 한다고 가지고 왔던 포션도 모두 사용한 상태였다. 다행스러운 점은 마나 포션은 아직 남아 있다는 것. 평소 생명력 포션보다 마나 포션 위주로 챙긴 탓이었다.

'그림자 조각과 마나의 벽을 무한으로 이용하는 수밖에.'

기존에 실패를 반복했던 이유는 포션이 채 따라가지도 못하는 추위 때문.

뼛속까지 시린 추위는 생명을 순식간에 줄여 버렸는데, 만약 마나의 벽도 추위를 막아내지 못한다면 결과는 달라질 것이 없었다.

그러나 눈류는 마나의 벽은 다를 것이라 믿었다. 아니, 유일하게 기댈 곳이었기에 믿어야만 했다.

"마나의 벽!!"

눈류는 마나를 움직이며 스킬을 발휘했다.

그러자 경악스러운 일이 펼쳐졌다.

눈류의 전신에 붉은빛 마나가 감싸듯 형성된 것이었다.

그와 함께 5,000이나 줄어든 마나와 쉬지 않고 줄어드는 생명.

눈류는 망설이지 않으며 좁지만 깊은 호수를 향해 그림자 조각을 발휘하며 몸을 날렸다.

풍덩!!

'됐다!!'

눈류의 표정이 한층 밝아졌다.

추위가 일정 느껴지기는 했지만 일반 물 속에 들어온 정도의 체감이었고, 이전의 숨 막힐 듯한 수준은 아니었다. 더불어 생명 역시 더 이상 추위로 떨어지지 않았으며, 숨 게이지가 줄어드는 속도도 확연히 달라졌다.

'성공할 수 있어!'

눈류는 희망을 가득 품은 채 쉬지 않고 그림자 조각을 발휘했다.

아무리 물 속이지만 엄청난 속도를 자랑하는 그림자 조각을 십여 번 발휘해야 되는 깊이!

점점 내려가면 내려갈수록 눈류는 통증과 함께 어지러움을 느꼈다.

그러다 코에서 피까지 새어 나와 물에 희석되었다.

'크윽……. 위험해.'

깊어지면 깊어질수록 숨 게이지가 줄어드는 속도가 빨라졌고, 마나의 벽을 치고 있음에도 불구하고 생명 역시 타격을 받았다. 숨 게이지가 남아 있지만 깊은 곳으로 가면서 얻게 되는 고통 때문이었다.

하지만 이대로 포기할 수는 없는 일!

마나 포션도 이제 얼마 남지 않은 상황이기에 눈류는 이를 악물며 애써 정신을 붙잡고 더 깊이, 더 깊이 내려갔다.

스파아아앗!!

그리고 얼마 후, 눈류는 드디어 볼 수 있었다.

물을 감싸고 있는 얼음의 벽 한가운데서 빛나는 푸른색 돌… 아이스 스톤을!!

'큭…….'

그러나 기쁨도 잠시! 눈류는 황급히 아이스 스톤을 손에 쥔 뒤 위로 솟구치기 시작했다. 이제 숨 게이지도 한계에 도달했고, 남은 것은 시간과의 싸움이었다.

'제발… 제발……!'

생명이 점점 줄어들었다.

마나의 벽을 세 번이나 사용하면서 18,000의 생명이 애초에 없는 상태.

5,000··· 4,000··· 3,000··· 2,000······.

"젠장! 제! 커커컥!"

<u>꼬르르르륵.</u>

다급함에 자신도 모르게 입을 벌렸다가 뼈가 저리는 물을 마신 눈류는 더욱 빠르게 움직였다. 마신 물로 인해 추가적으로 생명 500이 더 줄어들었다.

'다 왔어!'

생명이 1,000도 남지 않은 상황!

눈류는 마지막 남은 포션을 흡수하며 그림자 조각을 발휘했다.

그와 함께 곧 수면 위로 솟구치는 눈류의 신형······.

촤아악!!

눈류는 기쁨과 함께 자신의 남은 생명을 확인했다.

남은 생명은 250!

눈류는 모든 긴장을 풀며 두 눈을 감았다. 이제는 죽어도 여한이 없을 정도였고, 손은 시리지만 꽉 쥐인 아이스 스톤이 너무도 사랑스러웠다.

슈우웅.

"누, 눈류님!!"

'응?'

그때 미네의 놀란 듯한 목소리가 들려 고개를 돌리려던 눈류······.

첨벙!!

위로 솟구치자마자 성공했다는 기쁨에 긴장을 모두 풀고 아무 생각도 하지 못했다.

그 결과 방향도 바꾸지 않은 눈류는 자연스럽게 물 안으로 다시 떨어졌고, 더 이상 생명과 마나도 없기에 마나의 벽을 발휘하지도 못했다.

그로 인해 눈류는 들을 수 있었다.

언제나 이럴 때 들려오는 맑고 고운 소리를…….

—사망하셨습니다.

—사망으로 인해 퀘스트를 실패하셨습니다.

Part 4
입맞춤

The knight of mask

　자신의 손에 들린 지도 조각을 보며 눈류는 눈동자를 비볐다.

　처음에는 잘못 본 것이 아닌가 했지만 다시 정보를 확인해 봐도 분명 이전에 공작에게 받았던 지도의 연결 부분이었다.

　꽤 많은 고생을 했다.

　마나를 몸 밖으로 분출하기 위해 걸린 시간이 한 달이었다.

　더불어 마지막 순간에 방심을 하면서 죽어버렸고, 퀘스트를 처음부터 진행해야 했다. 바로 호수에 달려든 것도 아닌, 마을로 돌아가 포션을 사 들고 다시 가서 퀘스트를 깼다.

　그래서 4일이라는 시간을 더 허비해야 했고 다크 엘프 대륙으로 오기 위해 라르크도 많이 소비했다.

하지만 눈류는 첫 번째 지도 조각을 받았을 때처럼 화가 나지도, 절망하지도 않았다. 오히려 기대와 함께 흥분감이 서렸다.

처음에는 정말 골탕 먹은 것이 아닌가 하는 생각과 함께 막막함에 한숨만이 흘러나왔다. 어디서 들어보지도 못한 지도 조각, 게다가 하나도 아닌 남은 세 개를 더 찾아야 했다!

그런데 뜻밖에 두 번째 지도 조각을 발견하게 되었으니 희망이 생긴 것이다.

"혹시 나머지 지도 조각이 어디에 있는지 아십니까? 그리고 이곳에 무엇이 있는지……."

눈류는 혼드를 향해 재촉하듯 물었다. 그러자 혼드는 고개를 살짝 저으며 대답했다.

"나도 수십 년 전에 우연히 얻게 된 것이네. 남은 조각은 어디에 있는지, 그리고 무엇이 숨겨져 있는지는 모른다네. 그럼에도 자네에게 준 것은 자네는 한곳에 머무르지 않는 것 같기 때문이네. 혹시 아는가? 우연히 모든 조각을 구해 찾게 되었는데 놀라운 것이 존재할지."

"그렇군요."

아쉬움을 느꼈지만 눈류는 애써 표현하지 않으며 웃음 띤 얼굴로 고개를 끄덕였다.

그런 그의 곁에는 마리나가 헤헤거리며 하염없이 눈류를 쳐다보고 있었다. 바로 가려고 생각했지만 마리나의 간절한 표정에 눈류는 미소를 지으며 고개를 끄덕였다.

"오늘은 여기서 자고 가마."

"정말이죠?"

"그래. 괜찮겠습니까?"

마리나를 안심시킨 눈류는 정작 주인에게 허락을 구하지 않았다는 것을 깨달으며 혼드를 향해 질문했고, 당연하다는 듯 고개를 끄덕이는 혼드.

"자네라면 언제든 환영이네."

─혼드와의 친밀도가 상승하였습니다.

눈류는 속으로 기쁨을 감추지 못했다.

이전에 퀘스트를 할 때도 혼드와의 친밀도가 올랐다.

그런데 재차 친밀도가 오르다니! 분명 훗날 이득이 될 것이었다.

"감사합니다."

눈류는 그런 마음을 담아 진심으로 표현했고, 그날 저녁 혼드의 집에서 머물며 과거에 대해 모르는 많은 부분을 들을 수 있었다.

"으랏자!"

다음날 아침 일찍 혼드와 마리나에게 인사를 하고 밖으로 나온 눈류는 기지개를 한껏 펼쳤다. 게임상이라 잠을 자지는 않았지만 밤새 수다를 떨었기에 본능적으로 나온 행동이었고, 밝은 표정으로 정보창을 확인했다.

"정보."

생명:27,540 마나:23,800

이름:눈류 레벨:215 성향:중립 길드:레전드

칭호:없음 명성:2,762 직업:가면의 기사

근력:2,283(+1,259) 체력:441(+708)

민첩:325(+708) 지식:22(+700)

재치:52(+703) 정신:590(+707)

예술:14(+703) 상술:23(+705)

검폭:200(+708) 신속:268(+708)

투혼:434(+658) 가호:215(+658)

심안:183(+628) 마나:300(+628)

가면:305(+628) 암흑:121(+478)

저항:130(+378)

공격력:10,626(+801) 방어력:2,298(+1,150)

마공력:2,166(+410) 마방력:2,594(+510)

스텟포인트:0 스킬포인트:0 전투 숙련치:27.12%

혼드의 집이 외딴 곳에 있다 보니 현재 눈류는 가면의 기사
의 아이템을 비롯해 모든 장비를 착용한 상태였다.

마을로 향하는 길에 언제 몬스터가 나타날지 모르기 때문이
었다.

'레벨이 많이 올랐어.'

얼음의 산에서 보낸 시간이 지도를 제외하더라도 헛된 시간이 아니었다.

경험치를 많이 주는 몬스터들로 인해 어느새 레벨은 215!

더군다나 랜덤 스텟도 평상시보다 많이 늘어난 편이었고, 전투 숙련치 역시 27%를 넘어섰다.

"어? 루크님이군."

정보창을 확인한 뒤 가벼운 발걸음으로 혼드가 알려준 방향으로 걸음을 옮기던 눈류는 음성 채팅 신청을 수락하였다.

"눈류님!"

"루크님, 오랜만입니다."

퀘스트로 인해 그동안 길드원들을 한 번도 보지 못했던 눈류는 반가운 음성으로 대답했다.

"지금 어디에 계십니까?"

"저는 다크 엘프 대륙에 와 있습니다."

"그래요? 잘됐네요!"

"왜요?"

"아, 지금 다그 엘프의 시삭 마을에서 모임을 가지고 있습니다. 시간이 되신다면 눈류님도 와서 함께 즐기면……."

루크는 말끝을 흐렸다.

눈류가 연계 퀘스트들로 인해 이리 뛰고, 저리 뛰어다니느라 바쁘다는 사실을 알기 때문이었다. 그리고 길드원들에게는 눈류의 아이디가 알려졌기에 어쩔 수 없이 레전드 가면의 기사라는 것이 밝혀졌지만, 혹시나 난처해할까 봐 하는 배려도 존재했다.

"그렇군요. 알겠습니다. 그리로 갈게요. 다만 시간이 좀 걸릴 듯합니다."

"네. 그럼 이따가 뵙겠습니다."

눈류는 루크와의 음성 채팅을 종료하며 시작 마을까지 걸리는 시간을 가늠했다.

시작 마을은 대륙이 발견되면서 생긴 이동 마법진 근처에 있는 마을이었다. 엘프의 대륙 역시 마법진에서 처음으로 나오는 마을을 유저들은 시작 마을이라 불렀다.

그리고 혼드의 말을 빌리자면 자신의 결계로 인해 사람들이 찾지 못하는 곳일 뿐, 결계를 푼다면 마을까지 걸어서 두 시간밖에 안 걸린다고 했다.

'마나가 찰 때마다 그림자 조각을 발휘하면 오래 걸리지 않겠어.'

눈류는 조금이라도 무게를 줄이기 위해 장비를 벗은 후 뛰기 시작했다.

뜨끔뜨끔.

예상은 했지만 막상 직접 겪게 되자 눈류는 속으로 실소를 흘렸다.

에시가 레벨 300이 다 되어가는 시점이라 샤인이 길드원들을 뽑기 시작했고, 현재 레전드 길드의 인원이 꽤 많이 늘어난 상황이었다.

그로 인해 한 달에 한 번씩 길드의 앞날을 토론하고 단합을 목적으로 모이게 되었는데, 지금까지 눈류는 한 번도 참석하지 못했었다.

그래서 현재 눈류를 향해 주시된 시선들은 뒤통수를 따끔하게 할 정도였고, 눈류는 먼저 자신과 친한 길드원들이 앉아 있는 곳으로 가 인사를 나누었다.

그곳에는 루크와 리야, 페르탄과 일리아, 기적과 레몬, 박하다와 진석, 라일라와 월하가 한자리에 앉아 있었다.

현재 이곳 다크 엘프의 시작 마을에 위치한 술집에는 총 15명의 길드원들이 모인 상황이었고, 나머지 길드원들은 다른 대륙에서 만남을 가지고 있었다.

이전 엘프와 다크 엘프의 대륙이 발견되기 전에는 이렇게 떨어져서 할 필요가 없었지만, 대륙들이 발견된 이후에는 모두가 흩어진 상황이라, 한 곳으로 모이기에는 텔레포트 비용 부담이 만만치 않기에 어쩔 수 없는 선택이었다.

그러나 다른 대륙들에서 따로 만남을 진행한다 할지라도 길드 채팅창이 있기에 큰 문제점은 존재하지 않았다.

"헤헤. 다 끝났어요?"

눈류는 안면이 있는 이들을 비롯해 처음 보는 길드원들하고도 모두 인사를 마친 뒤 라일라의 곁에 앉았고, 라일라는 기다렸다는 듯 질문했다.

"어. 끝나자마자 바로 오는 길이야."

"행님, 뭐 어떤 퀘스트였습니꺼?"

기적이 궁금한 표정을 감추지 못한 채 질문했다.

그것은 기적뿐만 아닌 듯 옆 테이블에 있는 길드원들까지 귀를 쫑긋 세우며 눈류에게 모든 신경을 집중했다.

"음, 어떤 것이었냐면……."

눈류는 웃음을 머금은 채 퀘스트에 관한 내용들을 들려주었다. 물론 듣는 이들이 한둘이 아니었기에 중요한 혼드나, 마나의 벽에 관한 것들은 걸러낸 채였다.

"그럼 보상도 좋았겠구나."

얼굴이 살짝 붉어진 채 관심 깊게 듣던 박하다가 눈동자를 빛내며 묻자 눈류는 순간 움찔했다. 분명 자신은 빚도 다 갚았다. 이젠 빚쟁이도 아니다! 그런데 왜 꼭 뜯어 먹힐 것 같은 기분이 든단 말인가!

"안타깝게도 보상이 좋지 않았어요…… 흑."

눈류의 남우 주연상에 버금가는 연기력이 작렬했다.

눈가가 촉촉하게 젖어들었고, 목소리에는 애절함이 가득했다.

사실 연기뿐 아니라 레드 마나를 비롯해 검을 팔 수 없게 된 진심도 담겨 있었다.

그래서인지 눈류의 연기는 어느 때보다 빛났으며, 내심 좋은 보상을 받았으면 이자를 핑계로 조금 뜯어먹으려 했던 박하다마저 고개를 떨구었다.

'빌어먹을 퀘스트…….'

이득도 많았지만 손해도 많이 보게 되었다.

그런 눈류가 기댈 수 있는 것은 이제 단 하나! 지도 조각!

하지만 지도 조각에 관한 것은 아직 말할 수 있는 단계가 아니었다.

"와하하! 부어라! 마셔라!"

시간이 조금 더 지나자 길드원들은 하나둘 술에 취하기 시작했고, 가장 먼저 이성을 잃은 박하다와 진석은 서로의 술잔에 술을 가득 채우며 흥겹게 분위기를 주도했다.

"좋아 보이시는군요."

시끌벅적한 소란들 사이에서 눈류는 고기를 한 점 집어 먹으며 리야를 챙기고 있는 루크에게 말했다.

"좋기는요. 하하."

얼굴이 붉어진 채 어색한 웃음을 흘리는 루크.

그 모습을 눈류는 여러 감정이 교차하는 미소를 지으며 바라봤다.

비록 같이 있지는 못했지만 다른 이들을 통해 많은 얘기를 들을 수 있었다.

그중 하나가 루크와 리야에 관한 것이었는데 둘은 아직도 오빠, 동생 사이로 지내고 있다고 했다. 그 이유는 바로 루크의 결심 때문이었다.

어느 날 기적이 하도 답답해서 루크에게 묻자 이렇게 대답했다고 한다.

"리야를 좋아하고, 좋아하기 때문에 고백을 할 수 없어. 사랑이라는 것… 심장이 멎을 만큼 행복하지만 만약 잘못되어서 깨지기라도 한다면 다시 붙일 수 없거든. 그래서 나는 깨지지 않는 방법을 선택한 것뿐이야. 오빠로서 언제나 리야를 지켜주고 곁에 있기 위해……."

어떻게 보면 지레 겁을 먹는 것인지도 모른다. 그러나 또 다르게 보면 본인은 너무 아프고 힘이 들겠지만 가장 현명한 방법이었다.

사랑하다 헤어질 경우 인연의 실이 다시는 붙을 수 없도록 끊어지는 경우가 많으니…….

'루크님에게 그것이 더 행복하다면 그렇게 해야겠지요…….'

눈류는 루크를 쳐다보며 마음속으로 속삭였다.

"그런데 아들아, 너는 왜 여기서도 가면을 쓰고 있냐?"

그때 술에 잔뜩 취한 박하다가 눈류의 등 뒤로 나타나 고개를 갸웃거리며 물었다.

그러자 쓴웃음을 짓는 눈류.

눈류는 잘 알고 있었다.

현재 자신이 길드 레전드에 있다는 소문이 난 사실을.

아무리 입단속을 하고 주의를 시킨다 할지라도 모두가 그것을 지킬 리는 없었다.

그 결과 정해진 수순처럼 길드원들을 받기 시작한 후, 눈류가 길드 레전드에 있다는 얘기가 화제가 되며 모르는 이가 없을 정도였고, 월하 역시 마찬가지였다.

그로 인해 다른 길드에서도 레전드 길드를 주시하는 상황이었으며, 매일 수없는 유저들이 길드에 가입하기를 원해 샤인이 골머리를 썩고 있었다.

그래서 눈류는 술집에 들어오면서도 장비는 벗은 대신 가면은 벗지 않았다.

훗날을 위해 어쩔 수 없이 길드원들을 받고 있지만, 일부를 제외하고는 믿을 수 없기 때문이었다.

그리고 자신은 진은과 쌓인 감정을 풀기 전까지는 조심, 또 조심해야 했다.

"부탁이 있다."

웃음으로 대답을 대신하던 눈류는 음성 채팅을 수락함과 동시에 들려오는 월하의 말에 시선을 돌려 그녀와 눈을 마주쳤다.

'또 싸우자는 것이겠지.'

눈류는 혼자서 월하의 뒷말을 예측하며 고개를 끄덕였다. 말해보라는 뜻이었다.

"다크 엘프의 장로에게 퀘스트를 하나 받았다."

"다크 엘프의 장로?"

눈류의 눈이 번쩍 뜨였다.

한 달이 넘는 시간 동안 퀘스트만 해서 못 만났기에 당연히 결투를 신청할 줄 알았다. 그런데 자신도 만나지 못한 다크 엘프의 장로라니!

"그래. 그런데 나 혼자로는 힘들 것 같아. 둘의 동료를 더 구하라더군. 그래서 너에게 부탁하는 것이다."

"음……."

"퀘스트의 내용은 알려진 곳과 밝혀지지 않은 곳을 찾아다니며 4명의 어쌔신들을 없애는 것이다. 그래서 어쩌면 시간이 길게 걸릴지도 모른다. 그러나 다행히 나는 내일부터 현실 시간으로 며칠 여유가 생기고, 포션이나 음식을 비롯해 비용이 드는 모든 부분은 내가 부담하겠다."

월하의 말에 눈류는 잠시 생각에 잠겼다.

일단 퀘스트를 돕다 보면 사냥만 하는 것이 아니기에 그만큼의 시간을 낭비하게 된다.

간혹 동료들에게도 좋은 보상이 떨어지기는 하지만 그 당사자가 아닌 만큼 큰 보상은 기대하기 어려웠다.

하지만 밝혀지지 않은 곳도 있다는 말이 상당히 유혹적이었다.

밝혀지지 않은 곳을 찾게 되면 그에 따른 혜택이 떨어진다. 공짜 스텟을 얻게 되는 확률도 높았다.

그리고 모든 비용을 부담하겠다니!!

눈류는 곧 생각에서 깨어나며 고개를 끄덕였다.

월하는 훗날을 위해서라도 꼭 유지해야 될 관계였다.

더불어 자신 역시 힘들 때 동료들의 도움을 받았듯, 같은 길드원인 이상 외면할 수만은 없었다.

절대 모든 비용을 다 대준다고 해서가 아니었다.

'으음…….'

눈류와 월하가 서로를 바라보며 음성 채팅을 하는 듯하자 곁에 있던 라일라는 은근히 신경 쓰이는 눈치였다.

그때 시선을 돌리던 눈류는 자신과 월하를 빤히 쳐다보는 라일라의 두 눈동자와 눈이 마주쳤고, 살짝 웃음을 터뜨리며 월하에게 음성 채팅으로 말했다.

"동료가 둘이라는 것은 한 명이 더 필요하겠군."

"그래."

"그럼 그 한 명은 내가 선택해도 되나?"

월하는 고개를 끄덕거림으로 동의를 표시했고, 눈류는 라일라에게 음성 채팅으로 월하의 퀘스트를 설명한 후 같이 가겠냐고 물었다.

"네! 저도 갈 거예요!"

그러자 라일라는 생각도 하지 않은 채 음성 채팅도 아닌 그냥 큰 목소리로 외쳐 버렸다. 그로 인해 모두의 시선이 자신에게 집중되자 술을 마신 것도 아닌데 얼굴이 붉게 물들어 버렸다.

그 모습을 눈류는 소중한 것을 보듯 바라봤고, 그런 눈류를 월하는 무표정한 얼굴로 쳐다봤다.

부비부비. 쪼옥, 쪼옥.

"……."

진하와 선예는 원래 앉아 있던 자리에서 슬금슬금 이동을 시작했다.

사실 처음에는 그러려니 하고 있었지만 시간이 갈수록 농도가 짙어졌고, 주변의 시선까지 겹치자 도저히 피하지 않을 수 없었다.

'정말…….'

'창피하다!'

진하와 선예는 기적과 은정에게서 거리를 벌린 채 한숨을 내쉬었다.

오늘은 라스트 월드 점검이 있는 날이기에 오랜만에 넷이서 새로 오픈한 찜질방을 찾게 되었다. 그런데 달콤한 휴식을 느끼기도 전에 일행이라는 것을 부끄럽게 만들다니!

"기적아."

"행님, 와예?"

결국 진하가 주변의 시선을 의식하며 기적을 불렀다.

그러자 왜 부른지 정말 영문을 모르겠다는 듯 되묻는 기적.

"견우와 직녀도 너희들보다는 자제하겠다."

진하의 말에 곁에 있던 사람들은 웃음을 터뜨렸고, 그때서야 상황을 파악한 은정이 얼굴을 붉힌 채 멋쩍은 웃음을 흘렸다.

"좋으면 그럴 수도 있지예. 헤헤."

그러나 기적이 대수롭지 않게 생각하는 듯 커다란 배를 북북 긁으며 대답하자, 진하는 실소를 흘리며 자리에서 일어섰다.

얼음의 산 퀘스트에 매달린다고 휴식도 부족했지만 운동도 많이 하지 못했다. 그래서 시간이 있을 때 운동을 하려는 생각이었다.

"오빠, 어디 가요?"

"어? 나는 3층 헬스장에 가서 몸 좀 풀려고. 너희들은 여기서 쉬어."

"으음, 그럼 저도 같이 갈래요."

"앗. 나도 가!"

"은정이 가면 지도 갑니더!"

마치 줄줄이 비엔나처럼 주르르 같이 가자는 그들을 보며 진하는 웃음과 함께 고개를 끄덕였고, 3층 헬스장으로 가서 준비된 체육복으로 갈아입었다.

그리고 헬스 기구들을 바라보며 만족스러운 표정으로 고개를 끄덕였다.

새로 오픈을 해서인지 시설들이 참 좋아 보인 탓이다.

"오빠, 운동 좀 가르쳐 주세요."

그때 마찬가지로 옷을 갈아입은 선예가 은정과 함께 와 진하에게 부탁했고, 진하는 기본적인 스트레칭부터 운동하는 순서를 가르쳐 줬다.

그 후 진하는 런닝 머신 위로 올라가 한 시간 동안 땀을 흘린 후, 근력 운동을 시작했다. 그러다 벤치 프레스를 하기 시작했는데 곁에 있던 기적의 눈동자가 빛났다.

한 번쯤은 은정이 앞에서 진하를 이기고 싶은 욕망이 잠재해 있었다.

그런데 벤치 프레스라면 자신의 주특기!

진하가 비록 기적보다 싸움을 잘하고 주먹도 세지만, 힘이라고 같은 힘이 아니었다.

똑같은 힘이라 할지라도 주먹의 위력이 뛰어난 사람이 있는 반면 드는 힘이 좋은 사람이 존재했다.

그중 진하는 주먹이었고, 기적은 그 누구보다 무거운 것을 잘 들었다.

"행님, 고작 100kg입니꺼?"

"……."

호흡을 고르며 열심히 운동에 빠져 있던 진하는 기적의 비웃음 섞인 장난에 살짝 이마가 찌푸려졌다.

100kg! 말이 100kg이지 절대 가벼운 무게가 아니었다.

"비켜보세예. 은정아, 잘 봐래."

진하가 한 세트를 끝내고 몸을 일으키자 기적이 무게를 늘리며 은정을 향해 말했고, 진하는 실소를 흘렸다.

기적이 왜 저러는지 알 수 있기 때문이었다.

남자란 존재는 그렇다.

사랑하는 여자 앞에서는 조금이라도 더 강해 보이고 싶어하는 욕망이 항상 잠재한다.

'네가 잘하는 것으로 강해 보이고 싶다는 것이냐. 에혀.'

매번 자신 앞에서 약해지는 기적이었기에 그 심정이 충분히 이해가 되었다. 그러나 상대는 진하였다. 절대 남 잘되는 것은 쉽게 보지 않는다! 그것도 자신을 밟고 잘 보이려고 하는데 어찌 가만있겠는가!

'그래, 한번 해보자.'

진하는 두 주먹을 불끈 쥐었다.

비록 연인은 아니지만 이곳에는 선예도 있었다.

저렇게 비웃음까지 흘리는 기적에게 절대 질 수 없었다.

"흐랍차!!"

기적이 큰 고함을 지르며 벤치에 누워 팔을 움직이기 시작했다.

그 모습에 은정은 멋있다는 감탄사를 연발했고, 15개를 마친 뒤 기적이 자리에서 일어서자 진하가 뒤이어 자세를 잡은 뒤 똑같이 15개를 성공했다.

그러자 잠시 움찔한 기적.

내심 티는 내지 않았지만 상당히 힘들었었다.

"해, 행님. 이 정도는 아무것도 아니지예!"

그러나 절대 약한 모습을 보이지 않으려는 기적은 이를 악물고 무게를 120㎏까지 맞췄다. 그리고 이 악물고 들기 시작하는데 그런 기적의 팔이 부들부들 떨리기 시작했다.

'독한 놈!'

진하는 고개를 설래설래 젓다 문득 선예와 눈이 마주쳤다.

반짝반짝!

기대감이 가득 서린 눈빛!

마치 '진하 오빠를 믿어요!' 라는 확신에 찬 표정!

결국 진하는 기적이 애써 태연한 척 웃으며 일어서자 그 자리에 마찬가지로 별것 아니라는 듯 웃음을 흘리며 누웠다. 그러나 잡기만 해도 느껴지는 무게에 속은 타 들어갔고…….

"크흐윽!!"

결국 진하의 입에서도 터져 나오는 신음!

그 광경에 기적이 당황한 목소리로 외쳤다.

자신은 이제 한계였기 때문이다.

"행님. 그, 그만 하소. 얼굴에 경기 일나고 있습니더!"

"행님예! 팔뚝에 힘줄이 가출할 것 같은디예!"

"행님! 눈에서 눈물이 흐릅니더!!"

"흐아아압!!"

걱정으로 위장된 기적의 방해 공작!

하지만 진하는 찬성까지 떠올리며 끝내 15개를 다 해냈고, 은정의 눈치를 한 번 살핀 기적이 울먹거리지만 애써 웃으며 무게를 늘렸다.

"행님, 이번에도 따라오세예."

"그럼. 별것 아니지!"

그런 기적에게 마찬가지로 입은 웃지만 눈은 울고 있는 얼굴로 대답하는 진하.

그 모습에 선예와 은정은 서로를 쳐다보며 속으로 웃음을 터뜨렸다.

"이제 그만 가자."

무리한 경쟁으로 아픈 팔의 피로가 풀리자 진하가 자리에서 일어서며 말했다. 예상보다 오래 찜질방에 머물렀기에 집에 가서 한숨 자려는 생각이었다.

그런데 기적이 머뭇거리며 진하를 붙잡았다.

"행님, 오늘 이벤트 한다는데예."

"이벤트?"

"예. 커플 이벤트인디예. 일등 커플에게는 순금 커플링 준답니더."

"그래서 하자고?"

기적과 은정이 눈을 반짝이며 동시에 고개를 끄덕였다.

그러자 진하는 어쩔 수 없다는 듯 수락했다.

시간이 얼마나 걸릴지는 모르지만 저렇게 하고 싶어하는데 기다리지 못할 일은 없었다.

"그럼 둘이 참가해."

그 말과 함께 평상에 앉아 음료수를 고르는 진하.

그때 은정이 선예의 옆구리를 살짝 쳤고, 잠시 망설이던 선예는 곧 결심한 듯 진하에게 다가갔다.

"오빠… 우, 우리도 참가해요."

"어, 어?"

진하는 당황스러움이 가득한 목소리를 흘렸다.

사실 커플 이벤트라는 말을 들었을 때 자연스럽게 곁에 있는 선예가 떠올랐다.

그러나 자신들은 커플도 아니고, 선예의 마음도 받아주지 못하는 입장에서 그러면 안 된다는 생각이 들었기에 참가하지 않으려고 했던 것이다.

그런데 선예가 하자고 하니 거절하기도 뭐한 상황이 되어버렸다.

"그래요, 오빠. 선예랑 같이해요. 혹시 알아요? 일등하고 금반지 받을지."

"맞아예. 글카고 커플만 참여하는 것도 아니랍니더. 가족이나 친구, 동성끼리도 할 수 있다는디예. 기냥 다 같이 즐기는 시간이랍니더."

은정과 기적마저 선예를 돕기 위해 나서자 진하는 결국 고개를 끄덕였고, 잠시 후 모두는 사회자의 진행에 따라 찜질방 안쪽에 위치한 무대로 움직였다.

"첫 번째 게임은 풍선 많이 터뜨리기입니다! 가장 많은 풍선을 터뜨린 열 팀이 2차전으로 올라가니 모두 힘을 내주세요!"

찜질방에는 손님들이 아주 많았고, 참가한 이들도 적지 않았다. 둘씩 한 팀이 되어 총 참가 팀만 40팀이 넘었다. 그중 10팀만이 2차전으로 올라갈 수 있으니 경쟁은 치열했고, 진하 역시 이 악물고 선예와 풍선을 터뜨렸다.

내심 금반지가 탐이 나는 진하였다.

그리고 그것은 기적과 은정도 마찬가지였다.

퍼어엉!

"허어억!!"

"흐랍차!!"

퍼어엉!!

"컥, 자, 자기야!!"

"내만 믿으라!!"

퍼어어엉!!

"자, 잠깐만……!"

"내는 괜찮대!!"

퍼어어엉!!

"이 새끼야!"

"……."

문제가 있다면 기적이 과도한 뱃살로 지나치게 열심히 해 은정이 배치기 통증에 죽을 뻔했다는 것이었다.

1차전이 끝나자 다행스럽게도 넷 모두 2차전으로 진출할 수 있었고, 2차전은 커플 게임의 필수 코스인 길쭉한 과자를 최대한 짧게 먹는 것이었다.

"미안해."

선예의 부탁과 함께 추억을 만들자는 생각에 참여했다. 그러나 한 번 시작한 이상 지기 싫다는 승부욕이 생겼고, 진하는 선예에게 양해를 구한 뒤 입술이 아슬아슬하게 닿지 않는 선까지 과자를 먹었다.

그러자 선예는 진하의 얼굴이 가까워질수록 심장이 크게 뛰는 것을 느꼈고, 참가하지 않은 채 구경을 하는 이들은 여럿의 남녀 혹은 남남, 여여가 입술을 맞추기 직전까지 가는 모습을 보며 환호를 질렀다.

그리고 일등은 은정의 입술까지 씹어버리며 과자를 다 먹은 기적, 은정 커플이었다.

"네. 최종 다섯 팀이 결정되었습니다. 박수 한번 보내주세요!!"

짝짝짝짝!!

진하와 선예, 은정과 기적을 포함한 다섯 팀을 향해 많은 이들이 환성과 박수를 보내며 우승자를 기대했다.

"마지막 게임은 아마 예상을 하실 것이라 봅니다. 바로 라지 많이 옮기기입니다! 그럼 어떻게 옮기느냐? 손을 이용하지 않고 입술만 사용해서 통에서 통으로 이동시키는 것입니다!!"

사회자의 말에 기적과 은정, 20대 초반의 남남 커플, 또 다른 남녀 커플은 우승은 자신들의 것이라는 듯 확신에 찬 표정을 지었으며 진하와 선예, 50대 중반의 중년 부부는 난처한 표정이 되었다.

라지는 새롭게 개발된 종이의 일종인데 아주 얇으면서도 찢어지지 않으며, 비치지 않는 특징이 있다. 그런데 문제는 너무 얇다는 것이다. 더군다나 감촉도 부드러운 편이라 오히려 휴지보다 더 입술을 느낄 수 있을 정도였다.

한마디로, 라지로 게임을 할 경우 뽀뽀를 하는 것과 거의 똑같은 감촉을 느끼게 된다.

"일단 첫 번째로 도전에 나설 팀은 이전 게임들에서 대단한 실력을 보여준 3번 팀입니다!"

사회자의 외침에 기적과 은정이 앞으로 나섰다.

그런 둘의 눈빛에는 금반지를 향한 탐욕이 이글거렸고, 곧 신호와 함께 둘은 빠르게 움직였다. 하지만 이번 게임에서만큼은 둘의 활약을 볼 수 없었다.

입에서 입으로 옮기는 게임에서 중요한 것은 바로 호흡이었다.

라지를 빨아 당기고 있다가 상대가 다가오면 살짝 숨을 풀어주는 센스! 만약 그것이 안 된다면 상대가 더욱 강한 흡입력으로 빨아야 한다.

그러나 기적의 가공할 만한 폐활량을 은정이 능가할 수는 없었고, 무식한 기적에게 그런 센스가 존재할 리 없었다.

만약에 순서를 바꿨더라면 결과는 달라졌을 것이다. 하나, 시합을 다시 할 수는 없는 일. 기적과 은정은 결국 저조한 성적으로 1분을 소비하고 말았다.

"괜찮아?"

마지막 차례인 진하는 바로 앞 팀이 하는 것을 바라보며 선예에게 물었다.

혹여나 선예가 싫어하지 않을까 하는 걱정 때문이었다.

"싫으면 기권해도 돼."

사실 스스로도 부담되었기에 진하는 대답을 듣기도 전에 재차 질문했다.

그러자 선예는 고개를 저으며 수줍은 목소리로 대답했다.

"저는 괜찮아요. 오빠는 싫어요……?"

"어? 그건 아닌데……."

"그럼 우리 해요……."

진하는 선예를 쳐다봤다.

부끄러움을 많이 타는 선예가 힘들게 용기를 내 말한 것이라는 사실을 잘 알고 있었다.

그런 선예에게 차마 거절을 할 수 없었다.

"그래……."

마침 그때 4번째 순서로 시합을 치른 남남 커플이 가장 좋은 성적을 내며 끝났고, 드디어 진하와 선예의 차례가 돌아왔다.

두근… 두근…….

진하와 선예의 심장이 누가 먼저라 할 것도 없이 동시에 빠르게 뛰기 시작했다.

입 안에서는 침이 말랐고, 시작을 하지도 않았음에도 얼굴이 붉게 달아올랐다.

그 순간 신호 소리가 둘의 귓속을 파고들었다.

그러자 진하는 길게 쉼 호흡을 한 번 한 뒤, 금반지만을 생각하며 라지에 입술을 갖다 대고 호흡을 들이마셨다.

그리고 곧 선예와 라지를 사이에 두고 입술이 닿았다.

찌리리릿.

전기가 흐르는 느낌이었다.

그것은 진하를 좋아하는 선예나, 선예의 마음을 받아주지 못하는 진하나 마찬가지였다.

둘의 얼굴은 더욱 빨개졌고 시선도 제대로 마주치지 못했다.

그러나 뭐든지 처음이 어렵다고, 한 번 하기 시작하자 다음부터는 일사천리였고 둘의 호흡도 잘 맞는 편이었기에 빠르게 1등을 추격하기 시작했다.

"자! 이제 10초가 남았습니다!"

진하와 선예는 더욱 서둘렀다.

남은 시간은 점점 줄어갔다.

그리고 1위와의 격차도 줄어 이제 한 장만이 남아 있었다.

마지막 한 장을 성공한다면 무승부로 두 팀만 다시 승부를 펼치게 된다.

남은 시간은 2초.

진하는 선예의 입술이 다가오는 것을 확인하며 슬쩍 호흡을 풀었다. 그래야 지금까지처럼 선예가 어렵지 않게 라지를 가져갈 수 있기 때문이다.

그런데… 물컹…….

진하와 선예는 깜짝 놀라 서로를 쳐다봤다.

미묘하지만 라지가 있을 때와는 다른 느낌을 받았고, 곧 주위에서 들리는 환호 소리와 떨어지는 라지를 확인할 수 있었다.

그리고 맞닿은 서로의 입술까지도…….

"아, 안타깝게 동점을 만들지 못했군요! 그로 인해 우승 팀은 참가 번호 27번, 남남 커플입니다!!"

사회자의 외침. 사람들의 박수와 웃음, 환호 소리. 기적과 은정의 짓궂은 농담들이 들렸지만 진하와 선예는 다른 세상에 떨어진 듯 아무것도 생각하지도, 듣지도 못한 채 서둘러 찜질방을 빠져나왔다.

그리고 그날 저녁… 둘은 서로의 생각에 한참이나 잠을 이루지 못했다.

Part 5
회색빛 어쌔신

The knight of mask

달그락, 달그락.

푸른 초목이 무성한 숲 속을 말 두 마리가 힘차게 걷고 있었다. 그 위에는 총 세 명의 남녀가 앉아 있었는데 바로 월하와 눈류, 라일라였다.

'후우…….'

눈류는 깊은 한숨을 내쉬며 뒤에서 라일라의 눈치를 살폈다.

게임에 접속한 뒤 처음에는 서로 얼굴을 붉혔지만 이제는 내색하지 않으려는 듯 평소와 다름없어 보였다. 하지만 괜히 머쓱한 눈류는 새하얀 구름이 떠 있는 하늘을 올려다보며 생각에 잠겼다.

벌써 다섯 시간째 말을 타고 있었다.

월하가 가야 하는 곳들 중 알려진 곳도 텔레포트가 되지 않는 탓이었다.

간혹 이런 지역이나 사냥터들이 있었다. 라스트 월드에서 유저들에게 여행의 맛을 알려주기 위한 것인지 텔레포트가 아예 되지 않는 곳들.

그래서 앞으로의 사냥 시간이 더 길어질 것이었고, 말은 여행에 있어 필수적인 존재가 되었다.

'말 타는 법을 배워야 해.'

아직 말을 탈 줄 모르기 때문에 현재 눈류는 라일라의 등 뒤에 앉아 위태위태하게 가는 중이었다. 라일라의 허리를 잡기는 민망해서 손을 어디에 둬야 할지 모르기 때문이었다. 그래서 눈류는 말의 중요성을 절실히 깨닫고 있었다.

다행스럽게도 라일라가 라스트 월드에서 말을 타는 법을 배웠기에 이렇게라도 갈 수 있는 것이다.

만약 라일라마저 말을 타지 못했다면 셋은 좁은 월하의 뒷자리에 앉아서 어정쩡하게 이동하거나 아예 걸어서 퀘스트를 진행했어야 할 것이다. 그도 아니면 퀘스트를 포기하던가.

'유일한 남자의 체면이……'

눈류는 실소를 흘리며 고개를 돌리다 곁에서 함께 가고 있는 월하를 쳐다봤다. 마침 그때 월하 역시 시선을 돌려 눈류와 마주쳤는데, 말이 속도를 올리며 눈류의 신형이 살짝 휘청거렸다.

그러자 묘하게 일그러지는 월하의 입술.

'컥! 비, 비웃는 거야!!'

평소 표정 변화가 잘 없는 월하였다.

그러나 지금 이 순간에는 잠시나마 확연히 드러났었다!!

너의 꼴이 우습다, 이거였다!!

하지만 뭐라고 반박할 만한 요지가 전혀 존재하지 않았고, 눈류는 결국 한숨을 내쉬며 퀘스트가 끝나자마자 말 타는 법을 배우겠다고 다짐했다.

"여기서 좀 쉬었다가 가지."

"그래."

숲을 벗어나 평지가 드러나자 월하가 말을 멈추며 말했고, 모두는 말에서 내려 자리에 털썩 주저앉았다.

눈류는 물론, 라일라 역시 말을 몰 줄은 알지만 익숙한 건 아니라 오랜 시간 말을 타고 움직인다는 것이 피곤했었다.

"여기."

그때 인벤토리에서 무엇인가를 주섬주섬 꺼낸 월하가 둘을 향해 음식을 내밀었고, 눈류는 감탄한 얼굴로 월하를 쳐다봤다. 자신은 사실 그냥 빵이나 말린 육포 정도를 예상했었다. 그런데 이것은 뭐란 말인가!

빵은 최상급에 속하는, 안에 달콤한 크림이 들어 있는 푸왕이었고, 훈제 생선에 육질이 좋고 가격이 비싸기로 유명한 어린 밀티 고기도 있었다. 더불어 음료까지 준비한 센스!

'월하가… 갑부였구나!'

다급히 가격을 계산한 눈류는 먹는 데에만 이 정도의 돈을 쓰는 월하가 부자라는 사실을 확인할 수 있었고, 새로운 물주 탄생에 속으로 환호성을 내질렀다.

그러자 곁에 있던 라일라의 표정이 새침해졌다.

조금씩 가까워지는 듯한 둘에게 은근히 신경이 쓰이는 듯한 모습이었다.

거기에다가 이제는 눈류가 약한 재력까지 선보이다니!

'나도 준비했는데…….'

눈류를 위해 꽤 많은 라르크를 투자해서 여러 음식들을 사 온 라일라는 남몰래 아쉬운 한숨을 내쉬었다. 평소 자신이 먹는 것들보다는 비싼 음식들이었지만, 월하가 준비한 것에 비할 바가 아니기에 내놓기 부끄러웠던 것이다.

"역시 맛이 좋군. 라일라, 너도 먹어."

그런 라일라의 마음도 모른 채 월하와 함께 배를 채우기 시작한 눈류는 싱글벙글 웃으며 밀티 고기를 라일라에게 내밀었고, 라일라는 애써 웃으며 고기를 손에 쥐었다.

"보인다."

자신들은 물론 말들에게도 휴식과 음식을 준 뒤, 재차 길을 재촉한 일행들은 눈류의 얘기에 눈에 힘을 주며 손가락이 가리키는 곳을 쳐다봤다.

그러나 눈류의 시력은 그 누구도 따라갈 수 없는 정도이기에 거리가 조금 더 좁혀진 다음에야 마을을 확인할 수 있었다.

이미 다른 유저로 인해 발견되었지만 텔레포트 마법진이 없는 푸쉬크 마을!

첫 번째 어쌔신이 있는 곳이었다.

"인간이다."

"그렇군. 요즘 들어 인간들이 자주 모습을 나타내는군."

"저 남자 인간은 돈이 많은가 보군."

'컥!!'

월하, 라일라와 함께 마을에 들어선 눈류는 다크 엘프들이 경계심을 갖지 않게 미소를 유지하고 있다가 순간 얼굴에 경련이 일어났다.

월하, 라일라가 아름다운 것은 누구나 알 수 있다.

하지만 자신도 그렇게 빠지는 외모는 아니었다!

그런데 돈이 많다니! 도대체 어디를 봐서!

'시력이 저능한 다크 엘프들!'

단지 자신의 외모를 낮게 봤다는 이유로 다크 엘프들 전체의 시력을 의심하는 눈류였다.

"그런데 어디를 가야 찾을 수 있지?"

주변의 시선을 무시하며 눈류가 월하를 향해 물었다.

어쌔신을 잡아야 한다는 것만 알 뿐 얼마나 강한지, 어떤 능력이 있는지, 어디에 있는지는 아직 듣지 못했었다.

"단지 이 마을 안에 있다는 것만 알 뿐, 정확한 위치는 나오지 않아. 그나마 정보라면 이름이 스팟이라는 것과 이 그림, 그리고 일반 어쌔신들처럼 잠입이나 기습을 하기보다는 정면 승부를 좋아한다는 것이야."

―스핏의 그림을 습득하셨습니다.

눈류는 월하가 내미는 양피지를 받아 펼쳤다.

그러자 깜짝 놀라는 눈류와 라일라!

'정말……'

'그리기 귀찮았나 보군!'

눈류는 실소를 흘리며 양피지를 월하에게 돌려주었다.

그림은 너무나 간단했다.

마치 눈사람 같은 모형에 팔다리를 작대기로 표시!

그나마 커다랗게 그려 덩치가 큰 것을 알 수 있었고, 이마에
두른 검은색 띠가 특징이었다.

"도둑 길드가 최선이겠군."

눈류의 말에 월하와 라일라는 동의했다.

사실 그 외에는 별다른 방법이 존재하지 않았다.

어쌔신이란 음지에서 활동하는 살인 청부업자들을 말한다.
그런 이들은 절대 모습을 쉽게 드러내지 않는다. 잠입, 기습,
살인에도 능통하지만 변장 실력은 필수이기 때문이다.

그래서 눈류는 도둑 길드를 이용할 생각을 가지고 있었다.

정보에 가장 능통한 그들, 그들마저 모른다면 차라리 포기
하는 것이 낫다는 말이 있을 정도.

'마을의 규모가 작기에 도둑 길드에 의뢰를 한 뒤, 우리도
찾아봐야겠어. 다른 어쌔신들과는 다른 면이 있다고 했으니
자신의 모습을 드러내고 있을지도 몰라.'

곧 의견을 맞춘 일행들은 근처에 있는 허름한 술집으로 들어갔다.

도둑 길드 역시 모습을 함부로 드러내지 않는 편이지만 멤버들은 어디에든 존재했다. 그래서 라르크로 미끼를 던지려는 것이다.

"무엇을 드시겠습니까?"

일행이 들어서자 다크 엘프 대륙이 발견된 후 유저들이 많이 찾아왔는지, 다크 엘프들은 흥미롭게 일행을 한 번 쳐다본 뒤 이내 관심을 꺼버렸다. 그리고 종업원으로 보이는 10대 후반의 다크 엘프 소녀도 아무렇지 않은 듯 주문을 받았다.

다크 엘프들은 엘프들과 달리 기름진 음식을 선호하기에 눈류는 자신과 월하가 마실 맥주를 비롯해 고기 위주의 음식들을 시킨 후 주변을 주시했다.

누구에게나 살아온 과정으로 인해 특유의 풍미가 있다.

그것은 인간이나 다크 엘프나 마찬가지였고, 손님들 중에 도둑으로 보이는 자를 찾는 것이었다.

아무에게나 미끼를 던져서는 안 된다.

그런다면 오히려 난처한 상황이 생길 수도 있다.

그래서 눈류는 신중했으며, 그것은 월하도 마찬가지였다.

그때였다. 눈류는 속으로 중얼거리며 문득 주방 쪽을 쳐다봤다. 이곳은 특이하게 밖에서 주방을 들여다볼 수 있는 형태였는데 간혹 사람이 보이고는 했다.

'아무리 그래도 어쌔신인… 컥!!'

눈류는 자신의 두 눈을 의심했다.

그렇기에 재빠르게 눈을 비빈 뒤 다시 바라봤다.

'뭐… 저런……'

하지만 자신이 본 것은 사실이었고, 눈류는 인정해야만 했다.

그런 그림으로도 사람을 찾을 수 있다는 사실을!!

커다란 체격! 이마에 매고 있는 검은색 띠!! 부리부리한 눈동자!

그림 속의 그 어쌔신이었다.

'그런데 어쌔신이 왜 주방에서……'

머릿속으로 고민이 생겼지만 눈류는 일단 찾았다는 사실에 만족하며 확인을 위해 자리에서 일어섰다. 그리고 월하와 라일라에게는 눈짓으로 기다리라는 신호를 보냈다.

아직 스핏이라 추정만 할 뿐이지, 100% 확실한 것은 아니었다. 그리고 상대가 스핏이라는 어쌔신이라면 어떤 공격을 당할지 몰랐다.

자신이나 월하라면 걱정을 하지 않지만, 라일라는 전투에 약한 편이기 때문이다.

터벅터벅.

주방 앞에 도착한 눈류는 남자를 바라봤다.

그러자 남자 역시 차가운 눈동자로 눈류를 주시했다.

그런 남자의 양손에는 칼과 사과와 비슷한 형태의 과일인 푸케가 들려 있었다.

"스핏인가……."

번뜩!

눈류가 이름을 부르자 스핏의 눈빛이 달라졌다.

"나를 알고 있다는 말은, 찾아온 것이라는 뜻이군."

생긴 것은 현실의 기적과 닮았지만 머리 회전은 전혀 딴판이었다!

"그렇다. 그런데 어쌔신이 여기서 뭐 하는 것인지? 적도 많을 텐데……."

"경기가 좋지 않아서 부업 중이다."

"……."

"요즘 경기가 안 좋지 않은가."

"그, 그렇군."

전혀 예상하지 못한 답변에 눈류는 말까지 더듬었다.

세상에… 아무리 먹고살기가 힘들어도 그렇지, 음지에서 일하는 어쌔신이 부업이라니…….

"나가지. 여기서 싸우면 피해가 갈 테니."

눈류가 뭐라 말하기도 전에 스핏은 칼과 푸케를 내려놓았다. 그 모습에 지금까지 보고, 생각했던 어쌔신과는 전혀 다른 이미지인 스핏에게 눈류는 저도 모르게 말을 내뱉었다.

"어쌔신 치고는 배려심이 크군."

"내가 나가는 이유는 다른 이들 때문이 아니다."

"그럼?"

눈류의 눈빛이 호기심으로 반짝였다.

"물건이 파손되면 내 돈으로 물어줘야 한다. 단지 그 이유뿐이다."

'컥. 가난에 찌들었군!'

어떤 생각과 결정을 하던 최대한 돈을 쓰지 않는 방향으로 한다!

그것은 평소에 스핏이 얼마나 돈에 한이 맺혔는지 보여주는 부분이었다.

"손해배상을 요구하면 죽여 버리면 되지 않은가?"

눈류는 혼자 중얼거리며 뒤로 돌았다.

어째신이 돈을 겁내면서 사람을 죽이지 않는다라……. 이해가 되지 않지만 자신이 관여할 바가 아니었다. 꼭 직업이라고 해서 그 일을 좋아한다는 보장은 없으니 말이다.

그러나 스핏은 사람을 죽이는 것을 싫어하지 않았다.

단지… 멍청했을 뿐이었다.

"그런 방법이!"

"……."

돌아섰던 눈류가 가자미 눈동자가 되어 스핏을 재차 바라봤다.

스핏은 전혀 생각하지 못했다는 듯 감탄한 눈빛으로 눈류를 쳐다보고 있었다.

마치 그 눈빛은 '천잰데!' 라고 말하는 듯했고, 눈류는 조금 전 자신의 생각을 수정해야 했다.

스핏은 얼굴뿐 아니라 뇌도 기적과 똑같았다!

"내가 상대하지."

마을에서 살짝 벗어난 언덕으로 이동한 일행들과 스핏.

눈류는 레드 마나가 빛나는 검을 뽑아 들며 앞으로 나섰다.

그러자 월하는 고개를 끄덕이며 뒤로 물러섰고, 라일라는 걱정스런 표정이 되었다.

"나는 강하다. 다 같이 덤벼도 된다."

그런 눈류의 모습에 스핏은 여유 만만한 얼굴로 말했다.

"내가 더 강하니 걱정하지 마라."

싸우기 전 흔히 말로 상대의 기세를 제압하려고 하는 경우가 있다.

다만 그것은 현실에서일 뿐, 모든 능력이 인간을 초월하고, 상대의 능력을 대략 감지할 수 있는 이 라스트 월드에서는 그런 경우가 거의 존재하지 않았다.

그런데 눈류와 스핏이 지금 말로 먼저 싸움을 시작하고 있었다. 처음에는 단지 긴장을 풀기 위해 한 마디씩 한 것이지만… 이제는 은근히 자존심 싸움이 되었다.

"큭, 내가 너보다 두 배는 더 강하다."

"난 세 배다."

"그럼 난 네 배."

"난 무조건 네 두 배다."

"컥!! 이런 유식한 놈!!"

자신이 미처 생각하지 못한 필살기를 눈류가 발휘하자 스핏은 좌절 어린 표정이 되었고, 눈류는 이겼다는 생각에 좋아했다.

그러나 뒤에서 그 모습을 지켜보고 있는 두 여인의 생각은 달랐으니……

'둘 다……'

'바보였군……'

"크윽. 말로는 내가 졌지만 나는 절대 쉽지 않을 것이다!"

잠시 좌절감에 사로 잡혀 있던 스핏의 신형이 흐릿해졌다. 그 모습에 눈류는 방심하지 않으며 함께 움직였다.

'웃기기만 하는 NPC는 아니군.'

눈류는 스핏의 속도를 보며 감탄했다.

물론 자신만큼 빠르지는 않았다. 그의 모든 움직임이 눈에 들어왔으니.

하지만 저 정도의 체격에서 절대 나올 수 없는 속도였다.

그 말은 어쌔신임에도 불구하고 마나를 운용한다는 뜻이었다.

퍼어억!!

"크윽!"

눈류의 입에서 터져 나오는 거친 신음.

저 덩치에 속도가 이렇게 빠르면 힘은 얼마나 대단할지 궁금했었다.

그래서 해치우기 전, 일부러 공격을 허용해 복부에 한 대 맞았다.

그런데 데미지가 상상을 초월했다.

생각보다 많이 떨어진 생명도 생명이었지만 정신이 번쩍 들게 할 정도의 커다란 충격!

"이 정도 실력에 부업이라……."

눈류는 검에 마나를 부여하며 혼잣말을 했다.

스핏을 제외하고도 상대해야 될 어쌔신은 총 세 명이었다.

그런데 부업을 하는 어쌔신의 능력이 이 정도라면 다른 셋은 얼마나 강할까?

'그래 봐야 나와 월하의 상대는 되지 못하겠지만.'

"그림자 조각!"

눈류의 신형이 조각나며 스핏을 향해 달려들었다.

그러자 스핏은 당황하며 눈류를 찾기 위해 노력했다.

하나, 눈류의 속도는 스핏이 따라잡을 수 있는 수준이 아니었다.

"이렇게 만나 아쉬울 뿐이다."

레드 마나에 조화된 마나가 끌어올려진 눈류의 불타는 검이 스핏의 신형을 허리에서부터 사선으로 갈라 버렸다.

쩌저저적!! 차아아악!!

피가 분수처럼 솟구쳤다.

그 모습을 예상한 듯 라일라는 고개를 돌려 보지 않았지만 월하는 무표정으로 모든 것을 지켜봤다.

몸 곳곳에 피가 배어 흉흉한 분위기까지 풍기는 눈류는 스핏의 시체를 잠시 주시하다 검을 집어넣었다.

이전이라면 NPC나 사람을 죽인다는 것에 망설였을 것이다.

하지만 그동안의 경험과 수없는 이들을 죽이고 죽어야 했던 공성전을 통해, 게임상에서는 살인이라는 것에 어느 정도 무감각해진 상태였다.

만약 게임에서의 생각이 현실에서까지 영향을 미친다면 큰 문제가 될 수 있지만 그런 이들은 거의 존재하지 않았고, 간혹 있다 할지라도 눈류는 아니었다.

"가자."

월하가 소환한 물의 마법으로 튄 피를 씻은 눈류가 따스한 표정을 지으며 라일라에게 손을 내밀었고, 라일라는 고개를 끄덕이며 눈류의 손을 잡았다.

그리고 막 걸음을 옮기려던 라일라는 아무런 말없이 눈류의 손을 더욱 꼭 부여잡았다.

그러자 자신도 모르게 살짝 떨리고 있던 눈류의 손이 진정되었다.

화르르륵.

불꽃이 타오르자 눈류는 고기를 구우며 월하가 준비한 술을 한 모금 마셨다.

달콤한 맛과 함께 시원함이 느껴졌다.

현재 눈류와 일행들은 스핏을 만난 뒤 이틀째 말을 타고 달린 상황이었다. 그럼에도 아직 두 번째 목적지에 도착하지 못했고 말들도 쉬어야 했기에 야영을 하는 것이었다.

물론 일행들은 게임 안에서 잠을 자지 않았다. 그러나 말들은 달랐다.

아무리 음식에 준비해 온 포션을 섞여 먹이고 마법을 건다 할지라도 기본적인 잠을 재우지 않으면 오래 가지 못해 죽기 때문이다.

눈류는 술을 몇 잔 더 마시다 문득 고개를 들어 하늘을 쳐다 봤다.

밤하늘에서는 달과 별들이 속삭이고 있었는데, 그때 라일라 가 생각에 잠긴 눈류를 바라봤다.

무슨 생각을 하는지, 무엇이 그렇게 아파서… 슬픈 표정을 짓는지 묻고 싶지만 라일라는 끝내 아무런 말을 하지 않은 채 언제나처럼 곁에서 지켜만 봤다.

그러다 문득 시선을 느낀 눈류가 사색에서 깨어나며 라일라 의 비단결 같은 머리카락을 쓰다듬어 주며 웃음을 머금었다.

눈류는 훗날의 걱정을 하고 있었다.

이전에 라일라와 얘기를 할 때는 애써 밝게 생각하려 했고, 그렇게 말했지만 사실 복잡했다. 자신이 목표한 레벨 300이 되 어 진은을 만나 갚아주고, 이유를 듣고… 그 후에는 어떻게 할 것인가. 과연 게임을 계속할 수 있을까?

사람이 한 가지에 미치면 무한정 질주한다. 그런데 그 일이 끝나면 한동안 제자리를 찾지 못한다. 달려온 이유가 사라지 자 더 이상 무엇을 해야 할지 모르기 때문이다.

흔히 영화에서 복수를 위해 살아온 사람이 복수를 마치면 허무함을 느끼고, 오히려 막막해하는 것도 그런 이유에서였다.

　그리고 그때가 되면 하염없이 기다리고 있는 라일라를 사랑할 수 있을까? 그 역시 눈류의 걱정 중 하나였다.

　라인에 대한 마음… 그 마음이 사랑인지는 확신할 수 없다. 생각하면 가슴이 아프고 눈물이 맺히지만 다시 사귀고 싶은 생각은 없었다.

　단지 한 번만 보고 싶다는… 그리고 그녀의 입으로 이유를 듣고 싶다는… 미련이, 어리석은 미련이 자신을 쉬지 않고 달리게 하는 것인지도 몰랐다.

　그런데 라일라를 사귈 자신도 아직은 없었다.

　'바보 같군…….'

　눈류는 자리에서 일어나 몸을 풀며 술병을 통째로 비우며 쓴웃음을 지었다.

　언제나 생각보다 행동이 먼저 앞섰다.

　그런데 나이가 먹고 그만큼 삶의 경험이 많아지면서 생각이 많아졌다.

　아니, 아픔을 알기에 겁을 먹게 되는 것이다.

　하지만 이런 모습은 자신에게 어울리지 않았다.

　'일단 가보는 거다. 그리고 그 끝에서 내 자신에게 맡기는 거다.'

　눈류는 재차 달과 별들이 속삭이는 모습을 바라봤다. 마치 그곳에 자신이 바라는 무엇인가가 있기라도 한 듯…….

"두 번째 어째신은 여자를 밝힌다. 특히 붉은색 옷을 입은 여자를 보면 참지를 못한다는군."

두 번째 마을에 도착해 여관에서 요기를 하다가 밤이 되어 밖으로 나온 월하가 한 말이었다. 그때서야 눈류는 월하의 옷차림이 이해가 되는 듯 고개를 끄덕였다.

현재 월하의 옷차림은 야했다. 그것도 심하게 말이다.

물론 이전에 옷차림도 야한 편이었지만, 지금은 방어력이 전혀 없는 일반 원피스 같은 옷을 입고 있었는데 장미보다 짙은 붉은색이었다. 그리고 허벅지를 아슬아슬하게 가리는 스타일이었으며, 온몸에 딱 달라붙었다.

그래서 엉덩이를 비롯한 모든 굴곡이 확연히 드러났다.

만약 이곳이 판타지 세상이라면 이런 옷이 존재할 수 없을지도 모르나, 라스트 월드 차원 판타지는 판타지 세상을 배경으로 한 현대인이 만든 세계이기에 현실에서나 볼 수 있는 옷이나 물품들도 간혹 있었다.

"이번 녀석은 내가 처리하지."

월하는 그 말과 함께 분수상이 있는 곳에 눈류와 라일라를 두고 움직였다. 현재 시간은 늦은 새벽… 다크 엘프들도 잠을 자는 시간인만큼 거리는 한적했고, 월하는 무표정한 얼굴을 유지하며 주변의 움직임을 체크했다.

그리고 얼마 지나지 않아 느낄 수 있었다.

무엇인가가 빠르게 다가오고 있다는 사실을!

찰싹! 주물럭, 주물럭!

"호호. 이게 얼마 만에 보는 흥분되는 계집이지……?"

월하는 키가 작고 깡마른 어쌔신이 자신의 엉덩이와 가슴을 손으로 희롱함에도 불구하고 아무런 미동도 하지 않았다.

"네년이 나를 찾기 위해 나온 것은 알고 있지. 그렇지 않고 서야 나에 대한 소문이 자자한데 일부러 이 늦은 시간에 이런 차림으로 있을 리가 없으니……. 하지만 상대를 잘못 골랐어. 오늘 몸이 호강하겠군. 크큭!"

어쌔신의 손이 월하의 목을 향해 움직였다.

단번에 기절을 시킨 뒤 즐기려는 것이었다.

그러나 그 순간, 월하의 얼굴에 차가운 미소가 서렸다.

"나의 몸은 비싸다."

차아아악!!

"크아아악!!"

두 번째 어쌔신인 키롤의 입에서 처참한 비명이 터져 나왔다.

속도 하나만큼은 자신있었는데 눈에 보이지 않는 무엇인가 가 순식간에 손을 잘라 버린 것이었다.

"크윽… 마, 마법사였나!"

키롤은 피가 뚝뚝 떨어지는 손목을 부여잡고 분노에 찬 눈 빛으로 월하를 노려봤다. 그러자 월하는 한 손에 헬 파이어를 소환함으로 대답을 대신했다.

"알 것 없다."

화르르르륵!!

키롤의 온몸을 휘어 감은 백색의 불꽃!

월하는 잠시 키롤의 죽음을 바라보다 퀘스트 알림이 뜨는 것을 확인한 후 눈류와 라일라가 기다리는 분수상으로 향했다.

스파아앗!

"크윽! 라일라!"

"네! 신의 눈물이 그대를 해독할지어니⋯⋯."

세 번째 찾은 어쌔신은 암기와 독, 함정에 능통했다. 그래서 눈류는 상당히 어려움을 겪고 있었다. 그러나 라일라의 신성력 치료가 합쳐지니 얼마 지나지 않아 어쌔신을 제압할 수 있었고, 일행은 마지막 어쌔신을 찾기 위해 길을 떠났다.

"어? 저 쌍둥이 바위가 그 힌트에 나오는 바위 아닌가?"

눈류가 한 곳을 손가락으로 가리키며 말했다.

마지막 퀘스트는 난이도가 가장 높았다.

일단 찾는 것부터 쉽지 않았는데, 아직 밝혀지지 않은 지역이기 때문이었다.

퀘스트 정보에 의하면 안개가 흐르는 곳이라 했고, 그 외 쌍둥이 바위를 비롯해 힌트 몇 개만 있을 뿐이었다.

그래서 일행들은 일주일이라는 시간 동안 힌트를 떠올리며 찾아다녔지만 허탕이었다. 그런데 드디어 쌍둥이 바위를 발견한 것이다.

"일단 저리로 가보자."

눈류의 말에 월하와 라일라는 서둘러 고개를 끄덕인 뒤 쌍둥이 바위가 있는 곳으로 향했다. 그리고 모두는 기쁨의 미소를 지었다. 그것은 월하도 마찬가지였다.

사아아아악.

넓고 커다란 쌍둥이 바위 맞은편으로 안개가 흘렀다.

안개는 일정 거리가 있는 숲 쪽 방향으로 흐르고 있었는데, 모두는 저 회색빛 숲이 퀘스트 장소란 확신과 함께 동시에 달려가려고 했다.

히히히히힝!!

그런데 문제가 발생했다.

말들이 겁에 질린 듯 소리를 지르며 날뛰기 시작한 것이다.

그리고 숲이 있는 곳을 향해서는 고개도 들지 않았고 한 발자국도 움직이지 않았다.

결국 어쩔 수 없이 월하가 마법으로 말들을 재운 후, 일행들은 걸어서 숲으로 향했다.

―월하님과 눈류님, 라일라님이 다크 엘프의 대륙에 존재하는 회색의 숲을 발견하셨습니다. 레벨 200~400까지의 제한이 존재하며, 일주일 뒤 숲 입구로 이동되는 마법진 개설과 함께 개방됩니다.

제한:다크 엘프 장로의 퀘스트를 수행하는 자. 그의 동료들.

혜택:전체 패시브 스킬 5 상승, 전체 액티브 스킬 10 상승,

최고 스텟 100 상승, 명성 200 상승.

"컥!!"

"패, 패시브 스킬도 올랐어요!"

눈류와 라일라는 크게 기뻐했다.

패시브 스킬 보상은 흔하지 않은 것이었다. 더군다나 보상이 전체적으로 대단히 좋았다.

이것은 즉 다크 엘프 장로를 만나는 것도 어렵고, 회색의 숲을 찾기도 힘들다는 뜻이었다.

"스킬창."

패시브스킬.

조화의 검	Lv.134:검을 장착했을 시 데미지를 증가시킨다.
크리티컬	Lv.133:크리티컬 성공 확률이 높아진다.
어둠의 가면	Lv.126:빛이 어둠이란 가면에 가려질 때, 공격력과 방어력이 상승된다.
빛의 가면	Lv.126:어둠이 빛이란 가면에 가려질 때, 공격력과 방어력이 상승된다.
증폭	Lv.122:액티브 스킬의 위력이 증가된다.
어둠의 눈	Lv.104:어둠조차 관통 할 수 있는 눈을 갖게 된다.
어둠의 지배	Lv.104:밤이 되면 모든 능력치가 상승된다.
빛의 가호	Lv.65:생명의 회복 속도가 빨라진다.

조화의 빛   Lv.65:전체 능력이 상승된다.

액티브스킬.

파멸의 검   Lv.362:빛과 어둠이 하나가 되어 모든 것을
                파괴한다. 소모마나:4550 제한:조화를 이룬 자.

극한   Lv.110:생명이 50% 이하일 때 사용 가능하며.
                공격력을 22% 증가시킨다. 소모마나:3100
                제한:조화를 이룬 자.

그림자조각   Lv.160:육체가 조각나는 착각을 일으키며
                잔상과 함께 이동한다. 소모마나:2050
                제한:조화를 이룬 자.

바람의비명   Lv.110:검을 휘둘러 마나의 폭풍을 일으킨다.
                소모마나:2550 제한:조화를 이룬 자.

더블 소울   Lv.270:마나와 혼을 검에 실어 십자 형태로
                발휘한다. 소모생명:3200 소모마나:3080
                제한:조화를 이룬 자.

카리스마   Lv.96:마나를 목을 통해 발휘해 상대를 제압
                한다. 적에게는 스턴 효과와 함께 일정 데미
                지를 입히며, 아군은 12분 동안 전체 스텟이 6 상
                승 된다. 소모마나:1180 제한:조화를 이룬 자.

소드스피릿   Lv.110:순간적으로 극대화된 스피드로 적을
                7번 벤다. 콤보가 이어질수록 위력이 증가한
                다. 소모마나:4050 제한:조화를 이룬 자.

마나의 벽   Lv.90:31초 동안 마나로 몸을 보호한다. 그 어
떤 공격에도 데미지를 입지 않으나 초당 생명
이 210씩 소모된다. 소모마나:5200 제한:마나
를 초월한 자.

"정보창."

생명:27540 마나:23800
이름:눈류 레벨:215 성향:중립 길드:레전드
칭호:없음 명성:2962 직업:가면의 기사

근력:2283(+1359) 체력:441(+708)
민첩:325(+708) 지식:22 (+700)
재치:52 (+703) 정신:590(+707)
예술:14 (+703) 상술:23 (+705)
검폭:200 (+708) 신속:268(+708)
투혼:434(+658) 가호:215(+658)
심안:183 (+628) 마나:300(+628)
가면:305(+628) 암흑:121(+478)
저항:130 (+378)

공격력:10926(+801) 방어력:2298(+1150)
마공력:2166(+410) 마방력:2594(+510)

스텟포인트:0 스킬포인트:0 전투숙련치:27.12%

보상대로 패시브뿐만 아니라 액티브 스킬도 전체적으로 10씩 오른 상태였고, 공격력과 명성을 확인하며 눈류는 행복을 맘껏 즐겼다.

월하 역시 기분이 대단히 좋은 듯 웃지는 않지만 표정이 부드러워졌다.

'크흐흐. 공짜! 공짜!'

기쁨이 지나치자 점점 짐승 모드로 변신하는 눈류!

그러나 눈류는 더 이상 기뻐할 틈도 없이 제정신을 차려야 했다.

자신들을 향해 다가오는 기척들을 느꼈기 때문이다.

스파아아앗!!

화르르륵!!

쾅! 콰콰콰쾅!!

눈류의 검과 월하와 라일라의 마법이 숲 안을 소란스럽게 만들었다.

크르르르르!!

그러나 몬스터들은 동료들이 아무리 죽어도 겁에 질리지 않은 채 계속 달려들었고, 시간이 지나자 지치는 것은 눈류와 일행들이었다.

마치 마기에 젖은 몬스터들과 싸우는 느낌!

각양각색의 몬스터들에겐 전투 본능만 있는 듯 침을 질질 흘리며 끝없이 덤벼들었고, 그 수가 너무 많았다.

"젠장. 이러다 우리가 죽겠군!"

눈류가 바람의 비명을 발휘하며 소리쳤다.

그 기운에 여러 마리의 몬스터들이 피를 뿌리며 몸이 찢겨졌다.

"귀찮아."

월하 역시 범위 마법 위주로 몬스터들을 해치웠고, 그것은 라일라도 마찬가지였다.

"일단 피하자."

결국 하염없이 줄어가는 마나 포션을 확인하며 한계를 느낀 눈류가 말하자 월하와 라일라는 고개를 끄덕였다.

주위는 온통 시체들 천지였으며 회색빛 안개에는 피비린내가 가득 깔려 있었지만… 아직도 눈에 보이는 몬스터들의 수는 적지 않았다.

"라일라, 이리 와."

라일라에게도 이동 마법이 있지만 눈류는 라일라를 품에 안은 채 그림자 조각을 발휘했다. 그 엄청난 속도는 몬스터들이 따라갈 수 없는 수준! 그러나 월하는 눈류 자체에 좌표를 설정한 뒤 마법으로 어렵지 않게 따라갔다.

"후……. 좀 쉬자."

몬스터들은 입구에만 있는 것이 아니었다.

이동하는 내내 곳곳에서 튀어나오는 수많은 적들.

그로 인해 모두는 곧 쓰러질 듯 지친 상태였고, 겨우 몬스터들의 기척이 없는 회색빛 호숫가 근처에 자리를 잡아 무너질 듯 주저앉았다.

"먹어."

월하가 인벤토리에서 음식과 음료를 꺼내 둘에게 나눠주었다.

지금까지는 음식을 먹을 여유조차 존재하지 않았기에 피로도가 가득한 상태였다. 그리고 배도 많이 고픈 상황!

허겁지겁!

누가 먼저라 할 것 없이 셋은 음식을 후딱 해치웠다.

비록 지금은 안전한 것 같지만 언제 몬스터들이 또 나타날지 모르기 때문이다.

바스락.

그때, 눈류가 가장 먼저 인기척을 느끼며 자리에서 일어섰다.

그리고 반사적으로 인벤토리에 남은 생명과 마나 포션의 양을 확인했다.

'몬스터가 아닌가⋯⋯?'

눈류는 고개를 갸웃거렸다.

이곳 몬스터들은 여럿이 뭉쳐 다니는 경우가 대부분이었다.

그런데 느껴지는 인기척의 수가 단 하나였다.

"온 것 같군⋯⋯."

월하 역시 기척과 함께 몬스터가 아니라는 것을 파악했는지 굳은 얼굴로 일어서며 말했다.

그와 함께 한 남자의 중후한 목소리가 들렸다.

"나를 찾으러 온 것인가……."

셋의 시선이 한곳으로 향했다.

드디어 마지막 어쌔신! 에인트를 만나게 된 것이다.

'강하다…….'

눈류의 얼굴은 긴장으로 가득 차 있었지만 입가에는 미소가 서려 있었다.

그 정도로 상대는 강했으며, 호승심이 작동한 것이다.

그것은 강한 자와 싸우는 것을 좋아하는 월하도 다르지 않았다.

'온몸이 찌릿해…….'

눈류는 루운을 떠올리며 에인트와 비교했다.

그러자 루운의 수준은 아니라는 사실을 금세 알 수 있었다.

하지만 지금 느껴지는 기운만 해도 자신은 상대가 되지 않을 정도!

"그런가? 나를 찾아온 것인가……."

하의만 입고 있는 살짝 마른편이지만 온통 단단한 근육으로 이루어진 에인트는 쓸쓸하게 말했다.

"돌아가 주면 안 되겠나?"

"뭐?"

눈류는 저도 모르게 반문했다.

저렇게 강한 자가 자신을 죽이러 온 상대에게 부탁을 할 줄은 생각도 하지 못했다.

그것도 명색이 죽음의 그림자라는 어쌔신이 말이다.

"나는 더 이상 사람을 죽이고 싶지 않다. 내가 회색의 숲에 온 이유이기도 하지. 그러니… 돌아가 주지 않겠나?"

"미안하지만 갈 수 없다."

에인트의 부탁을 냉정하게 거절하는 월하.

싸우고 싶다. 싸우고 싶다. 싸우고 싶다!

그녀의 마음속은 전투에 대한 열정으로 끓어오르고 있었다.

더군다나 절대 포기할 수 없는 퀘스트 보상도 존재했다.

"회색빛이었다……. 차디찬 회색빛 속에서 나는 내 목숨을 이어가야 했다. 그 회색빛 안개는 너무나 짙고 짙어서 벗어날 수 없었다. 오로지 지독한 피비린내를 뿌리며 죽이고, 또 죽였다. 살아야 하니까……. 살고 싶었으니까……. 그리고 지금도 살고 싶다. 그런데 생명을 더 이상 내 손으로 빼앗기 싫다……. 마지막 부탁이다. 돌아가라."

에인트에게서 슬픔과 함께 은은한 살기가 뿜어져 나왔다.

'그렇군. 몬스터들이 없는 이유가 바로 저 살기 때문이었어…….'

성향이 악성일 때의 눈류도 이처럼 소름 끼치는 살기를 발휘해 본 적이 없었다.

그 정도로 에인트의 살기는 송곳처럼 날카로웠고, 마왕처럼 어둡고 짙었다.

지옥과 같은 인생을 산 자만이 발휘할 수 있는 삶과 같은 살기!

이성을 잃은 몬스터들조차 제압해 버린 살기였다!

부들부들.

눈류는 온몸이 떨려오는 것을 느낄 수 있었다.

라일라는 점점 거세지는 살기를 이기지 못하고 바닥에 주저앉아 버렸다.

"어쩔 수 없지……."

이러다가는 모두가 살기에 휩쓸릴 판국!

눈류는 쓴 미소를 흘리며 입술을 꽉 깨물었다.

그러자 정신을 지배하려는 듯한 살기가 흐르는 피와 함께 잠시 멈칫했고, 그 순간 눈류는 검을 뽑아 들며 마나를 끌어올렸다.

"당신은 회색빛 인생에서 회색으로 살기로 스스로 선택했어. 그리고 우리도 지금 이 순간 선택했어. 그 선택이 맞물렸을 뿐이야."

눈류의 조화된 마나가 이글거리자 놀란 듯이 쳐다보던 에인트는 순식간에 살기를 거두며 쓴 미소를 지었다.

"그렇군. 그렇다면 나도 더 이상 거절할 이유가 없지……."

스파아앗!!

눈류는 에인트를 주시했다.

만약 놓치기라도 한다면 죽는다는 것을 잘 알기 때문이었다.

그런데… 눈에 보이지 않았다.

콰지지직!!

"크으윽!"

눈은 보지 못했지만 몸이 위험을 느끼고 자연적으로 움직였다.

오감을 뛰어넘어 섰기에 가능한 일!

눈류가 서 있던 지면은 에인트의 발길질에 산산조각이 나버렸고, 눈류는 피했음에도 불구하고 스쳐 가는 마나에 입에서 피를 토했다.

"오빠!!"

황급히 라일라가 치료의 손길을 내밀었다.

그와 동시에 월하는 에인트를 향해 마법들을 난사했다.

불꽃이 사방을 휘어 감았고, 얼음의 화살이 에인트의 몸에 적중했다. 번개가 하늘에서 떨어졌으며, 바람은 칼날이 되어 위협했다.

하지만 그럼에도 불구하고 에인트는 큰 부상 없이 월하에게 접근해 주먹을 휘둘렀다.

"으윽!!"

검은커녕 무기 하나 없이 오로지 자신의 육체만으로 싸우는 에인트.

그럼에도 불구하고 최강의 레전드라 불리는 눈류와 월하가 힘을 합쳐도 밀리는 판국이었다.

파가가각!!

에인트의 주먹질에 월하의 육체가 나무들을 부서뜨리며 날아갔다.

"그림자 조각!!"

눈류의 신형이 에인트의 뒤로 파고들었다.

"크아아아악!! 극한!! 파멸의 검!!"

화르르르륵!!

카리스마와 함께 극한을 사용해 공격력을 최대한 끌어올린 눈류!

그 기세에 파멸의 검까지 합쳐지자 에인트조차 긴장할 만큼 무시무시한 기세를 흘렸고, 찰나에 세 개의 스킬을 발휘한 눈류는 서둘러 검을 휘둘렀다.

콰콰콰쾅!!

에인트의 팔과 눈류의 검이 부딪쳤다.

그런데 폭발하는 소리가 들림과 동시에 에인트는 세 걸음, 눈류는 대 여섯 걸음을 밀려나다 바닥을 뒹굴었다.

이글이글…….

"마, 말도 안 돼…….."

눈류의 눈에 의혹이 가득 서렸다.

에인트의 팔에서 뿜어져 나오는 마나가 조금 전과 확연히 달라져 있었다.

바로 자신과 같은 조화의 마나였다!

"놀라워. 내가 숨긴 힘까지 끌어내게 할 정도라니…….."

에인트는 한 걸음, 한 걸음을 옮기며 눈류에게 다가갔다.

"네가 어떻게 조화를 깨달았는지 모르지만 안타깝군. 나의 부탁을 들었더라면 이름을 널리 떨쳤을 것인데……. 잘 가라."

에인트가 말과 함께 어깨를 움직이려는 순간이었다.

"죽는 건 너다."

화르르르륵!!

그사이 정신을 차린 월하의 차가운 음성이 에인트의 움직임을 멈추게 했다.

그와 동시에 라일라 역시 마법을 발휘해 에인트의 집중을 분산시켰으며, 에인트는 미처 피할 틈도 없이 월하의 마법을 방어하려고 했다.

"크윽!"

그러나 월하가 발휘한 마법은 만약을 대비해 아끼고 아꼈던 최후의 한 수인 헬 파이어!

설마 헬 파이어까지 쓸 것이라 생각하지 못했던 에인트는 지독한 열기에 신음을 흘렸다.

찌지지지직!!

헬 파이어와 에인트의 힘 겨루기가 시작됐다.

눈류의 강력한 한 방을 막기 위해 많은 힘을 쓴 것도, 라일라가 여러 마법들로 계속 방해를 하는 것도 에인트를 힘겹게 하는 요소였다.

그렇지만 에인트는 라일라에게 신경을 쓸 수 없었다.

헬 파이어는 방어를 무시하는 최강, 최악의 화염 공격!

잡아 먹히는 순간 끝난다는 사실을 잘 알기 때문이었다.

그 틈에 라일라는 남는 마나로 눈류를 치료했다.

"눈류!!"

월하의 찢어지는 비명이 들렸다.

보통 마법은 발휘되는 순간 끝난다.

그러나 월하는 발휘된 마법에 마나를 추가로 싣는 능력을 가지고 있었는데, 에인트의 경악할 만한 능력에 밀리는 것이었다.

주르르르륵.

월하의 코와 입에서 피가 새어 나왔다.

자신과 눈류가 포션들을 계속 흡수하며 싸웠는데도 아직 이 정도의 힘이 남아 있다니!

더군다나 라일라까지 도움을 주었는데!!

"으으윽!! 하아압!!!"

파아아아앙!!

월하의 모습에 눈류가 막 일어서는 그때였다.

에인트의 입에서 마나가 가득 실린 고함이 터져 나왔고, 모두는 믿을 수 없는 광경을 목격했다.

바로… 헬 파이어가 소멸한 것이다.

말 그대로 허공에서 풍선 터지듯… 부풀어 오르더니 사라져 버렸다.

"하악, 하악……."

그러나 에인트 역시 너무나 많은 힘을 소비한 상태였고, 그는 황급히 신형을 움직였다. 둘은 강했다. 그러나 자신의 상대는 아니다. 그런데… 남은 하나가 계속 거슬렸다.

"라일라!!"

눈류는 그림자 조각을 발휘했다.

자신이나 월하에게 올 줄 알았는데 뜻밖에도 라일라를 향해 신형을 날리는 에인트를 봤기 때문이다.

퍼지지직!!

"커억……."

"오, 오빠!!"

"눈류!!"

눈류는 주위에서 들리는 비명 소리와 함께 자신의 배를 내려다봤다.

갑옷마저 뚫고 들어온 에인트의 주먹.

남은 힘을 끌어올려 사용했기에 갑옷은 물론 살마저 관통해 버렸고… 눈류의 신형이 휘청거렸다.

"지금이야!!"

하지만 눈류는 포기하지 않았다.

그러는 순간에도 에인트 몰래 파티 채팅창으로 외친 눈류.

그러자 월하는 이를 악물며 고개를 끄덕였다.

무슨 의미인지를 알기 때문이다.

파앗!!

눈류는 라일라를 밀쳐 냈다.

그와 함께 새어 나가는 마나를 힘겹게 끌어 잡은 뒤, 피하려는 에인트의 손을 붙잡았다.

마나로 몸속에 들어와 있는 손을 붙잡는다!

마나를 초월하면서 얻게 된 능력이었지만 눈류는 발휘하지
도, 이렇게도 할 수 있다는 생각을 하지도 못했다.

그런데 워낙 급박한 상황에서 어떻게든 에인트가 움직이지
못하게 해야 한다는 집념이 새로운 능력을 개발하게 된 것이
었고… 그와 동시에 백색의 헬 파이어가 둘을 덮쳤다.

월하가 마지막 남은 마나를 모두 소비하며 발휘된 최강, 최
대의 마법!!

"크윽! 같이 죽자는 것이냐!"

에인트가 자신 역시 주먹에 남은 마나를 운용하며 외쳤다.

그러나 눈류는 고개를 저으며 포션을 흡수한 뒤, 작은 목소
리로 말했다.

"마나의 벽."

지이이이잉!!

눈류의 몸 주위로 주황색의 마나가 발출되었다.

그 순간 월하의 헬 파이어가 둘을 덮쳤다.

콰콰콰쾅!!

Part 6
월하의 요리

The knight of mask

"다행이야."

막 잠에서 깨어난 진하는 깍지를 끼고 몸을 한 번 쫙 편 뒤, 잠들기 전 전투 상황을 떠올렸다.

그때 자신의 예상과는 달리 죽음을 맞이했다.

마나의 벽으로 인해 헬 파이어는 방어했지만 에인트에게 당한 상처가 너무 깊었고, 방어를 하는 그사이에도 생명은 순식간에 줄어들어 포션이 속도를 따라가지 못했으며, 라일라가 미처 치료를 하기도 전에 숨이 멎었다.

그런데 다행스럽게도 자신의 죽음은 상관이 없는지 퀘스트를 무사히 끝났다.

'만약 실패라도 했다면?'

진하는 몸을 한 번 살짝 떨었다.

생각만 해도 소름이 끼쳤고, 에인트는 다시 붙어도 이길 수 있다는 확신이 없을 만큼 강했다.

"일단 운동이나 좀 해야겠다."

월하의 퀘스트를 돕는다고 현실 시간으로 며칠 동안 운동을 전혀 하지 못한 채, 잠—퀘스트 순서를 반복했기에 몸이 굳어 있었다. 그리고 앞으로도 또 며칠 비슷할 것 같기에 오늘 몸을 풀려는 것이었다.

"후우……."

스트레칭부터 시작해서 명상으로 끝나기까지 3시간이나 걸린 진하는 마지막 스트레칭으로 몸을 푼 후 샤워실로 향해 몸을 씻었다. 그 후, 냉장고에 있는 샌드위치와 음료를 챙긴 뒤 컴퓨터를 키고 앉았다.

라스트 월드에 접속하기 전에 그동안 어떤 일들이 있었는지 알기 위함이었다.

"얼마 남지 않았군."

진하는 공지로 올라온 글을 확인하며 미소를 지었다.

그것은 성향 전쟁에 관한 이벤트였다.

선과 악으로 나뉘어 서로를 죽고 죽이는 치열한 전쟁!

각 성향에서 가장 높은 점수를 획득한 두 명에게 상품이 돌아가며, 둘 중 더 높은 점수를 보유한 이가 상품을 먼저 선택할 권리가 있었다.

규칙으로는 일단 혹여나 있을지 모를 비겁한 수를 방지하기 위해 친구 추가가 되어 있는 이들이나 같은 길드원은 공격할 수 없다.

또한, 한 번 죽인 유저는 하루가 지나야 재차 죽일 수 있었다. 그렇기에 우승을 하기 위해서는 한 자리에서 머무르기보다는 이곳, 저곳을 돌아다니며 자신의 반대 성향인 유저를 최대한 많이 죽여야 한다.

그리고 같은 성향인 유저는 공격할 수 없으며, 반대 성향인 유저를 죽였을 경우 상대 유저의 레벨에 맞춰 경험치와 점수가 들어오며, 레벨이 자신보다 높으면 높을수록 추가적인 경험치와 점수가 높게 계산되어 들어온다.

추가로 공평성을 유지하기 위해 레벨대로 점수가 계산된다. 레벨 300이 350이나 250의 유저를 죽이나, 레벨 100이 150이나 50레벨의 유저를 죽이나 얻게 되는 점수의 최대치와 최저치가 정해져 있었고, 전쟁 기간 동안 다른 성향의 유저들 경우에는 레벨 차이가 100이상 날 경우 공격 자체가 불가능하도록 되어 있었다.

그 레벨은 색으로 구분하게 된다.

전쟁이 시작되면 어둠의 성향 유저들은 전신에 검은색 오라가 뜨고, 빛의 성향인 유저들은 흰색의 오라가 형성된다. 그리고 성향은 적이지만 레벨 차이가 100이상 날 경우에는 녹색으로 변하게 된다.

더불어 성향 전쟁이 치러지는 동안은 몬스터들도 선과 악으로 나뉘게 되는데, 하지만 몬스터들의 경우 경험치는 기존과 똑같지만 이벤트 우승을 결정 짓는 점수가 유저보다 많이 낮다는 단점이 있었다.

마지막으로 전쟁이 치러지는 동안 모든 유저는 성향에 따라 자신의 모습을 변화시킬 수 있고, 본인이 말하지 않는 이상 어떤 정보도 유출되지 않는다. 혹시나 있을지 모르는 훗날의 불화를 막기 위한 장치였다.

'재미있겠군.'

내용을 확인하며 진하는 호기심을 나타냈다.

'그런데 보상이 뭐지?'

기간은 앞으로 일주일 뒤였다.

일주일 뒤, 현실 시간으로 하루에 걸쳐 다른 문제점들을 수정함과 동시에 업데이트가 된다고 적혀 있었다. 그런데 상품에 관한 내용이 없었다.

"응? 이건가?"

진하는 글들을 끝까지 다 읽은 뒤 가장 밑에 있는 그림들에서 마우스를 멈췄다.

그림들은 그림자처럼 검은색으로 표시되어 내용이 뭔지 확인할 수 없게 되어 있었는데 대략 형태로 짐작을 할 수 있었다.

'잠깐. 저거!'

진하의 눈동자가 크게 떠졌다.

상품은 총 여섯 개였다. 한 명당 세 개의 상품씩 한 세트인 것이다.

그런데 두 번째 세트가 진하의 눈길을 사로잡았다.

검은색으로 모양만 알 수 있는 상품의 모습!

하나는 라르크라 짐작할 수 있었고, 다른 하나는 사람의 그림자였다. 그리고 눈길을 사로잡은 마지막 하나는 바로 종이 조각의 형태였다.

"지도, 분명 지도 조각이다."

현재 두 장까지 모은 지도 조각!

물론 진하가 앞서 생각하는 것일 수도 있으며, 모양은 비슷하지만 다른 종류일 가능성도 존재했다. 그러나 진하는 지도 조각일 가능성이 조금이라도 있다면 꼭 우승을 해야 한다고 다짐했다.

지도 조각은 총 4장이 모두 모여야 완성된다.

한 장이라도 없다면 세 장이 있어봐야 아무 소용이 없는 것이다.

그런데 만약 한 장이 다른 유저의 손에 들어간다면?

필요한 사람은 진하이기에 거액을 치러야 할지도 모른다.

어쨌든 상대가 부르는 것이 값이기 때문이다.

'만약 지도가 아니더라도 이벤트 우승인만큼 값어치가 클 것이다. 꼭 우승해야 해. 그런데 사람 그림은 뭐지?'

진하는 그림들을 바라보다 스크롤을 내렸다.

그러자 많은 유저들의 코멘이 눈에 들어왔다.

그 속에는 진하와 비슷한 생각을 한 이들도 여럿 보였다.

lo혜선ve:어쩌면 황제가 아닐까요? 우승자들의 상품 두 세트 모두에 공통적으로 있는 것을 보니… 흔한 사람은 아닐 것이고, 아직 그 누구도 만나지 못한 황제가 아닐까 생각되네요.

우왕굳:저도 비슷한 생각입니다. 아마 유저들이 각 왕국의 황제를 만날 수 있는 기회가 아닐까 하네요.

텐미:우와! 황제라……. 그럼 황제가 내려주는 퀘스트도 하게 되는 것인가? 이거 우승해야겠는데.

태왕사춘기:경쟁이 치열해지겠군. 굳이 황제가 아니더라도 보상이 큰 듯한데.

진하는 코멘들을 읽다가 재차 그림을 확인했다.

단지 사람의 형상.

아무래도 우승자가 누구인지 모르고, 우승자에 따라 만나는 황제가 다르기에 그림에 특징을 주지 않은 것 같았다.

"황제라……."

라스트 월드 차원 판타지에서는 제국에서 4개의 왕국으로 바뀐 지금도 황제라는 칭호를 사용하고 있었다. 그들 모두 야망이 있기 때문이었으며, 크로아 왕국의 경우는 자존심 때문이었다. 그래서 유저들도 황제라 칭하는 편이었다.

'일주일 후가 기대되는군.'

진하는 그 외에 여러 정보들을 확인한 뒤, 미소를 머금으며 라스트 월드에 접속했다.

일주일 동안 얻게 된 혜택을 누리기 위해서였다.

스파아앗!!

ㅡ레벨이 오르셨습니다.

ㅡ고정 스텟 근력 5가 상승하였습니다.

ㅡ랜덤 스텟의 영향으로 민첩과 체력이 1 상승하였습니다.

눈류는 만족스런 얼굴로 월하, 라일라와 함께 안전한 곳으로 이동했다.

회색의 숲에 들어온 지 1주일째였다.

이제 얼마 후면 회색의 숲은 개방될 것이고, 그리고 조금 더 지나면 업데이트로 인해 현실 시간으로 하루 동안 휴식을 취할 수 있었다.

'많이 올랐어.'

일주일 동안 쉬지 않고 몬스터를 죽이고 또 죽였다.

더불어 월하의 능력에 자금력까지 합쳐진 무한 포션 사냥이었으며, 일주일 동안은 자신들 셋만 회색의 숲에 올 수 있기에 몬스터들도 수없이 많았다.

그 결과 예상보다 배는 가까운 레벨 업을 하게 되었고, 현재 눈류의 레벨은 220이었다.

지글지글.

맛있는 냄새가 코를 자극했다.

사냥을 모두 끝내고 배가 고파서 음식을 먹으려는데 월하가 직접 마법을 발휘해 불을 피우더니 스프를 끓이는 것이었다.

그 곁에는 새끼 돼지가 바비큐로 잘 익어가고 있었다.

"그런데 이제는 시간이 많은 건가?"

무표정한 얼굴로 요리를 하는 월하와 그녀를 돕겠다고 나선 라일라를 바라보던 눈류는 물을 마시며 물었다.

자신의 기억에는 그동안 월하는 대단히 바빴다.

그런데 퀘스트를 비롯해 사냥까지 할 시간이 존재했다니.

현실로 치자면 일주일 정도밖에 되지 않지만 그래도 의외였다.

"다시 바빠진다."

월하는 그 말과 함께 스프에 집중했다.

피로와 과로가 겹치며 방송 촬영 도중 쓰러져 조금 시간적 여유가 생겼다.

자신은 괜찮다고 했지만 회사에서 휴식을 취하도록 해줬고, 며칠 동안은 꾀병을 부리며 일을 미뤘다.

그러나 더 이상 미룰 수 없는 상황이라 오후부터는 다시 촬영을 하러 가야 했다.

'맛있을까?'

월하는 자신이 직접 만든 스프를 보며 고민에 잠겼다.

사실 그녀는 요리를 잘하지 못했다.

그런데 퀘스트를 도와준 대가로 주려한 라르크를 눈류와 라일라는 거절했다.

다른 보상으로도 충분하다는 것이었다.

사실 눈류는 받고 싶었지만 라일라가 먼저 나서서 거절하니 어쩔 수 없었다.

그래서 월하는 무엇인가를 더 해주고 싶었다. 포션을 무한 대로 지급한 것도 그런 이유에서였으며, 지금 스프도 마찬가지였다. 자신 때문에 고생을 많이 한 둘에게 음식을 직접 해주고 싶었다.

이런 자신의 행동이 어색했지만 나름 재미도 있었고 요리 스킬도 배웠으며, 제일라에게 음성 채팅으로 스프를 맛있게 끓이는 방법도 들었다!

하지만 막상 먹으려니 불안한 마음이 들었다.

'일단 눈류가 남자니……'

평소에는 남녀 구분을 하지 않지만 자신의 음식 앞에서는 남자란 이유로 눈류를 생체실험하려는 월하였다.

"먹어라."

눈류는 월하가 내민 노란 빛깔의 스프를 반가운 얼굴로 받았다.

배가 고픈 상황이었기에 침이 절로 흘렀다.

그리고 다른 이들이라면 몰라도 월하가 요리 솜씨도 없으면서 음식을 만들었을 것이라고는 생각하지 못했다.

'이런 면도 있었군.'

눈류는 미소를 지으며 월하에게 고마움을 표시했다.

물주! 물주! 물주!!

무한 포션 사냥과 맛있는 음식들로 더욱 친밀감을 느끼고 있었는데 직접 음식까지 해주다니!!

후르륵!

눈류는 더 이상 생각하지 않은 채 접시를 입에 대고 스프를 '호호' 분 뒤에 단번에 마셨다.

그러자 달콤하고 축복받은 맛이… 살해 위협을 선사했다.

'컥! 나, 나를 죽일 생각인가!'

온몸이 부들부들 떨렸다.

피부에는 소름이 끼쳤다!

일리아, 리야와 맞먹는 음식 맛!!

그러나 눈류는 이를 악문 채 티내지 않았다.

절대 혼자 죽지 않는 성격!

"맛있는데?"

그리고 정말 놀랍다는 듯 밝은 얼굴로 말한 뒤 다시 후르륵 마셨다.

그런 눈류의 이마에서는 식은땀이 송글송글 맺혔지만, 월하와 라일라는 미처 발견하지 못한 채 안도하며 함께 스프를 따라 마셨다.

"……."

"……."

곧 라일라는 월하와 눈류가 서로를 죽이려는 모습을 볼 수 있었다.

"행님, 갑시더!"

"네, 오라버니. 가요!"

"오빠앙……."

진하는 가자미 눈동자가 되어 자신을 조르고 있는 기적과 은정, 선예를 쳐다봤다. 선예는 얼마나 가고 싶은지 평소에는 잘 하지도 않는 애교까지 부리고 있었다.

　"다음에 가면 안 될까?"

　비록 라스트 월드 업데이트 때문에 하루라는 시간이 생기게 되었지만 내심 쉬고 싶은 진하였다. 그동안 부족했던 잠을 푹 자고 운동도 마음껏 하고 싶다! 그런 마음이 내재되어 있었는데, 셋은 쉽게 포기하지 않았다.

　"일주일 안에 가야 되는 티켓이에요. 그런데 오라버니는 오늘 아니면 안 갈 거잖아."

　은정이 목소리를 높이며 외쳤다.

　부모님을 통해 온천 티켓을 얻게 되었다.

　총 4인이 하루 동안 쉴 수 있으며, 2인실 숙소 두 개를 비롯해 모든 시설을 무료로 이용할 수 있었다.

　이런 흔치 않은 기회를 포기할 수 없는 법!

　물론 기적과 단둘이 가도 상관은 없지만 선예와 함께 가고 싶은 은정이었다.

　그런데 선예는 진하가 가야지 갈 것 같기에 이렇게 나서서 설득하는 것이다.

　"정말 가고 싶냐?"

　이미 설명을 모두 들었던 진하는 선예를 향해 물었다.

　자신도 온천을 좋아한다. 온천에서 쉬면 피로도 풀리고 나쁠 일은 없지 않은가.

그런데 문제는 바로 잠이었다.

하루 자고 온다면 분명 자신의 룸메이트는 기적!!

진하는 그 점이 죽도록 싫었다. 기적이 코를 고는 것까지는 이해할 수 있었다. 하지만 자면서 온몸을 더듬는 그 버릇은 정말……

그렇다고 선예나 은정이와 같이 잘 수도 없는 노릇이었고, 공짜 티켓으로 가는데 따로 방 하나를 잡아달라고 할 수도 없는 노릇이었다. 그리고 온천이 새로 시설된 아주 고급스러운 곳이라고 들어 비싼 돈을 들여 방을 하나 잡기도 싫었다.

"……"

진하가 그렇게 좋아하지 않는 티를 냈기에 선예는 아무런 대답도 하지 못했다.

가고는 싶지만 자신 때문에 억지로 가는 것은 싫었다.

그러자 기적이 답답하다는 듯 큰 목소리로 외쳤다.

"행님!! 그 온천 숙소에 뭐가 있는지 아십니꺼!!"

"뭐가 있는데?"

"화장실도 있답니더!!"

"……"

셋의 시선이 동시에 기적으로 향했다.

화장실과 욕실이라면 여관이나 모텔에 가도 다 있는 것이다.

아니, 몇 년, 십몇 년을 거슬러 올라가도 존재했으며, 잘 사는 집에도 방 안에 화장실이 있다.

그런데 단지 그런 것에 놀라워하다니…….

정말 기적에게 어느 별에서 왔냐고 묻고 싶은 셋이었고, 진하는 진지한 표정으로 기적을 불렀다.

"기적아."

"예, 행님!"

"방 안에 화장실이 있으면 좋겠니?"

"하모예!"

"그럼 요강 놔둬……."

진하의 말에 기적은 잠시 충격받은 얼굴이 되었다가 감격한 목소리로 말했다.

"행님, 천재네예!"

"내가 좀……."

단순무식한 기적의 칭찬에 얼굴을 붉히며 자뻑하는 진하의 모습에 은정과 선예는 어이없이 웃을 뿐이었다.

"오빠, 이것 좀 드세요."

결국 온천에서 하루 쉬기로 결정한 진하는 셋과 함께 차에 올라탔고, 선예가 내미는 도시락을 받으며 실소를 흘렸다.

"30분이면 도착하는데 도시락까지 준비했어?"

"헤헤. 여행가는 것 같은 기분 좀 내려고요."

"그래."

진하는 선예에게 환한 웃음을 지었다.

기적과의 하룻밤이 걱정되기는 하지만 이렇게 좋아하는 선예 앞에서 인상을 쓸 수도 없는 노릇이었고, 도시락은 물론 옷차림도 예쁘게 차려입은 것이 많은 기대를 하고 있는 것처럼 느껴졌기 때문이다.

그리고 그 기대가 자신과 함께여서라는 사실을 잘 알고 있었다.

"음, 살짝 출출한데 잘됐다."

선예가 건넨 도시락 통에는 파란색의 앙증맞은 캐릭터가 새겨져 있었는데, 진하는 배고프지 않았지만 군침을 삼키는 척했다. 선예를 향한 고마움 때문이었다.

"오라버니, 그거 선예가 게임에서 로그아웃 하자마자 열심히 만든 거예요. 저희는 다 먹고 나왔으니 맛나게 드세요."

진하가 같이 안 먹냐는 표정으로 쳐다보자 은정이 대답했고, 진하는 기대감과 함께 도시락 뚜껑을 열었다.

그 안에는 맛있어 보이는 음식들이… 가출한 상태였다.

"에? 와 암 것도 없노?"

진하가 멍한 표정으로 도시락 통을 쳐다보자 기적이 황당하다는 투로 말했고, 은정은 선예를 쳐다봤다. 그러나 선예 역시 영문을 모르겠다는 듯 울상이 되어 고개를 흔들 뿐이었다.

"아! 맞다. 오기 전에 배가 고파서 내가 묵은 도시락이네!"

해맑은 표정으로 손뼉까지 치며 말하는 기적!

그러자 셋이 웃음 가득한 얼굴로 기적을 쳐다봤다.

두 눈에는 살기를 가득 품은 채……

잠시 후 차에서 내린 기적의 얼굴은 퉁퉁 부어 있었다.

진하는 사각 수영복을 갈아입으며 거울 속 자신을 바라봤다.

그곳에는 근육이 잘 잡힌 미남이 서 있었지만, 그런 진하의 얼굴에는 걱정이 가득 어려 있었다. 그 이유는 바로 은정과 기적 때문이었다.

처음에는 다 같이 온천에 들어갔었다.

겉에서 보였던 넓은 크기를 자랑하듯 내부에도 수많은 온천이 존재했고 으리으리했다. 그런데 갑자기 둘이 따로 놀자고 제안한 것이었다.

그러더니 대답도 듣지 않은 채 커플 온천 자리가 두 개 비었냐고 물어본 후, 자신과 선예를 내버려 두고 간 것이었다.

그래서 진하는 선예와 함께 현재 커플 온천에 와 있는 상황이었는데, 커플 온천은 탈의실도 하나여서 선예에게 먼저 옷을 갈아입고 들어가라 한 뒤, 뒤늦게 수영 팬티를 입었다.

'민망하겠군.'

진하는 실소를 흘렸다.

커플 온천의 특징이라면 탕이 좁아서 둘의 몸이 살짝 밀착된다는 것이었다.

'뭐, 어쩔 수 없지.'

한참 거울을 바라보며 뻘쭘해하던 진하는 결국 결심과 함께 안으로 들어갔다.

지이이잉.

자동문이 열리자 자욱한 수증기가 먼저 몸을 덮쳤다.

안은 마치 숲 속을 옮겨놓은 듯한 착각을 불러일으켰으며 향긋한 향이 가득했다.

그리고 그 속에서 선녀와 같은 아름다움을 간직한 선예를 발견했다.

선예는 온천 안에 들어가지 않고 진하를 기다리고 있었다.

그래서 비키니를 입은 선예의 감탄이 나오는 몸매가 확연히 진하의 눈에 들어왔다.

"오빠 오면 같이 들어가려고요……."

진하가 묻기도 전에 선예는 대답했고, 진하는 고개를 끄덕이며 선예와 함께 온천 안으로 들어갔다. 그러자 온천물 위에 둥둥 떠 있던 꽃잎이 어지럽혀졌고, 전신에 살짝 뜨거우면서도 따뜻한 감촉이 파고들었다.

비비적.

더불어 좁은 형식으로 인해 진하는 선예의 매끄러운 발이 자신의 발에 닿는 것을 느낄 수 있었다.

"좋죠? 헤헤."

선예가 붉어진 얼굴로 묻자 진하는 고개를 끄덕였다.

오는 것은 귀찮기도 하고 기적과의 밤이 걱정되어서 싫었지만, 온천에 몸을 담그고 나니 그런 고민은 순식간에 잊을 수 있었다.

그만큼 평온했으며 온몸의 피로가 풀리는 듯한 기분이었다.

'졸립다…….'

진하는 두 눈을 감았다.

그러자 온몸 가득 긴장이 풀어지며 졸음이 밀려왔다.

평소 잠을 적게 자는 편인 진하가 자고 일어났음에도 또 졸려하는 것은 드문 일이었다.

그것은 피로가 많이 쌓여 있다는 말이었고, 오랜만에 갖는 여유와 너무나 편안한 느낌으로 인해 또 자고 싶은 생각이 간절했다.

그런 모습을 지켜보는 선예의 눈빛에 슬픔이 맴돌았다.

함께 있으면 좋았고, 세상 그 어떤 여자보다 행복했다.

그런데 가끔씩… 이렇게 가슴이 아플 때가 있었다.

기다린다고, 자신에게 올 것이라고 믿는다 말했지만… 마음 일부분에서는 가질 수 없는 사람이라 생각하고 있는지도 몰랐다.

꼼지락, 꼼지락.

한참이나 잠든 진하를 바라보며 생각에 잠겨 있던 선예는 문득 장난기가 돌아 발가락을 움직였다. 그러자 자연스럽게 진하의 발가락을 간질이는 형상이 되었는데, 그럼에도 진하는 깊이 잠들었는지 아무런 움직임이 없었다.

그 모습에 더욱 짓궂게 장난을 치는 선예.

그때 잠든 줄 알았던 진하에게서 중저음의 목소리가 들렸다.

"나 무좀 있다……."

선예는 말없이 다리를 오므렸다…….

"뭐라고?"

커플 온천을 끝내고 여러 시설을 이용하다 저녁밥을 먹는 자리에서 진하가 귀를 후비며 물었다. 자신이 잘못 들었다고 확신하는 행동이었다.

"그럼 기적 오빠랑 자려고 했어요?"

"그게 당연……."

"행님, 지는 남자 사절입니더."

순간 포크로 기적을 살해하고 싶은 충동에 사로잡혔으나 진하는 애써 참았다.

은정의 얘기들을 종합하자면 커플 방 두 개를 잡았는데… 은정과 기적이 한 방을 쓰고 다른 한 방은 자신과 선예 보고 쓰라는 것이었다.

'컥!'

생각이 거기까지 미치자 진하의 얼굴이 붉어졌다.

장난으로 설마 그럴까? 생각해 봤지만 진짜로 이렇게 될 줄은 예상하지 못했다.

그것은 선예 역시 마찬가지였던 터라 붉어진 얼굴로 당황한 듯했지만 거절하지는 않았다.

"저기, 은정아."

"아… 아무리 오라버니가 기적 오빠를 사랑해도 양보할 수 없어요! 그렇게 아세요!"

은정은 기적을 안 좋아한다고 절규하는 진하를 내버려 둔 채 황급히 자리에서 일어섰다.

이럴 때는 도망치는 것이 상책!

기적의 손을 잡고 은정은 후다닥 자신들의 방으로 올라갔고, 도착하자마자 선예에게 문자를 보냈다.

—파이팅!

'아휴. 몰라.'

은정의 문자를 받은 선예는 아직도 옆에서 기적을 사랑하지 않는다고 중얼거리는 진하를 바라보다 웃음을 터뜨렸다.

오기 전부터 은정이 이렇게 할 것이라고 말을 했는데… 정말일 줄이야.

내심 부끄러운 마음이 들었지만 그보다는 하루를 함께한다는 생각에 기쁨이 더 크게 느껴졌다.

"선예야……."

진하는 정신을 차리며 곁에 앉아 손가락을 만지고 있는 선예를 불렀다.

사실 자신은 괜찮았다. 선예의 마음은 알지만 남자인 자신이 거절할 이유가 없었다. 더군다나 단지 하루를 자는 것뿐 아닌가. 그러나 선예가 혹시나 불편해할까 봐 신경 쓰이는 것이었다.

"괜찮아?"

"네? 네… 저는 괜찮아요……."

"그래? 그럼 어쩔 수 없지. 신세 좀 질게."

진하는 어색한 웃음과 함께 선예에게 말했고, 곧 둘은 3층에 위치한 자신들의 방으로 올라갔다.

"방이 좋네."

진하는 핑크색의 푹신한 의자에 앉으며 괜한 소리를 하기 시작했다.

이상하게도 단둘이 하룻밤을 보내야 된다고 생각하니 무안한 것이었고, 선예도 똑같은 심정이기에 침대 쪽에 앉으며 웃음만 흘릴 뿐이었다.

"꽃도 있다……."

새로 오픈한 곳이어서인지 방은 넓고 훌륭했다.

그래서 진하와 선예는 방에 관한 얘기만 겨우 하며 이리저리 눈치를 살폈고, 결국 참다못한 진하가 먼저 자리에서 일어서며 말했다.

"나 먼저 씻을게."

"네? 네……."

스르르륵.

'아휴. 바보.'

자기 전에 씻는 것이 당연하지만 욕실에 들어서자 자신의 머리를 한 대 쥐어박는 진하. 괜히 어감이 이상하게 느껴진 탓이었고, 이미 한 말을 물릴 수도 없기에 진하는 한숨만 내쉬다 실소와 함께 물을 틀었다.

동생이라 생각했고, 생각하려 노력했다.

단지… 자신을 좋아해 주는 동생이라고.

비록 그 마음이 크고, 기다린다 할지라도… 동생이라고 말이다.

그런데 이렇게 가슴이 떨리고 초조해질 줄이야…….

미안해서, 한 여자를 그리며 달려가고 있는 자신이 너무나 미안해서 훗날 선예에게 간다는 생각은 하지 않았었다.

'나도 똑같군…….'

언제나 어떤 일에서든 생각을 하고 결정을 하면 그대로 움직였다.

그런데 선예에 대한 결정은 자꾸 망설여졌다.

이것도, 저것도 하지 못한 채 우유부단한 사람처럼 시간만 보내고 있었다. 아니, 선예를 위해서도 말해야 된다고 생각하면서도 입이 달라붙은 듯 열리지 않았다. 자신 스스로도 아직 어떤 마음인지 확신하지 못하는 것이다.

그래서 선예가 말한 것처럼 은진을 만나 자신을 괴롭히는 인연의 끈을 자른 뒤, 마음의 변화를 보고 싶은 것인지도 모른다.

'나는 나쁜 놈이다.'

거울 속 자신의 모습을 보며 진하는 쓴웃음을 흘렸다.

"서, 다 씻었어요……."

많은 생각에 잠겼던 진하가 샤워를 끝내고 나오자 선예가 씻기 위해 들어갔고, 그사이 진하는 간단한 술과 안주를 주문했다. 그리고 와인과 안주가 도착한 지 3분 정도가 지났을 때, 선예가 젖은 머리카락을 수건으로 만지며 욕실을 빠져나왔다.

"그래……."

진하는 예쁘다는 말이 목구멍까지 올라왔지만 애써 참으며 웃음 띤 얼굴로 말했다.

"에, 술 시켰어요?"

선예가 맞은편 자리에 앉으며 물었다.

"응. 그냥 간단히 마시고 싶어서."

선예는 고개를 끄덕이며 진하를 쳐다봤다.

입은 웃고 있는데 눈은 왠지 슬퍼 보였다.

진하가 생각이 많을 때 나타나는 표정이라는 것을 잘 알고 있었다.

그래서 선예는 진하가 와인 한 병을 다 비울 때까지 아무런 말을 하지 않은 채 맞은편에서 함께 있어주었다.

"옆에서 자도 돼요……."

선예는 바닥에 누운 진하에게 재차 강요했다.

그러자 진하는 괜찮다고 했지만 자신 때문에 바닥에 자는 것이 싫은 선예는 지지 않고 부탁했고, 결국 진하는 침대 끝자락에 누웠다.

"거기서 자면 위험할 텐데……."

선예가 걱정스러운 목소리로 말했다.

"오빠, 운동신경 예술이야. 괜찮아."

애써 밝은 목소리로 대답했지만 내심 불안하기도 한 진하.

"오빠……."

"응?"

침묵이 흐르고 술기운에 막 잠이 들려는 무렵, 선예의 목소리에 진하가 반응했다.

"그런 말을 들은 적이 있어요. 사랑을 알게 된 순간도 행복했고, 사랑하는 순간도 행복했고, 기다린 시간도 행복했다고……. 저 행복해요. 오빠라는 사람을 알고, 오빠라는 사람과 함께 하고, 오빠라는 사람을 기다리고… 저 세상에서 그 누구보다 행복해요. 혹시 저 때문에 고민이 많으시다면… 하지 않으셔도 돼요. 흘러가게 두세요. 사람의 마음… 어떻게 할 수 없는 거잖아요. 그냥 흐르게 두세요, 오빠의 마음이 가는 데로 두세요. 흐름이 약해 오래 걸려도 괜찮아요. 정말 저 죽는 순간까지 흐른다 해도 괜찮아요. 전 그 시간이 행복하니까요……. 그 시간도 너무 소중하니까요……."

진하는 아무런 말을 하지 않았다.

아니, 하면 안 된다는 것을 알고 있었다.

어쩌면 자신의 마음은 이미 선예에게 흐르고 있는지도 모른다.

그래서 동생이라고 생각하려 하지만, 막상 그 말은 못하는 것인지도 모른다.

그렇지만 아직은 아니라고, 아직은 아니라고 생각했다.

그렇기에 확신을 줄 수 없는 지금… 진하는 목이 매인 선예의 말에 아무런 대답을 하지 않았다.

말을 하지 않아도 서로가 서로의 마음을 잘 알고 있으니까…….

"아따, 울 자기는 피부가 애기 궁디 같네!"

"히히. 자기 뱃살은 얼마나 충만한지 너무 좋아!"

"내 뱃살이 과도하게 푹신하긴 하제? 자기 위해서 만든기 다."

"고마워, 내 사랑……."

은정은 기적을 사랑스러운 눈길로 쳐다봤다.

사실 처음 만났을 때는 자신의 이상형이 절대! 아니었지만 그동안 게임에서 싹튼 감정이 이상형을 지워 버렸고, 어느덧 이제는 기적이 이상형이 되어버렸다.

"고맙긴… 내가 더 고맙다 아이가."

은정의 다리를 벤 채 애교 섞인 표정으로 말하는 기적.

만약 다른 이가 봤다면 납치다! 협박이다! 돈이다! 라고 외치며 당장 경찰에 신고할 정도의 외모였지만… 지금 이 순간 기적은 사랑에 빠진 순수한 남자일 뿐이었다.

"그런데 둘은 잘 진행되고 있을까?"

은정이 비스킷을 기적의 입에 먹여주며 말했다.

그러자 고개를 세차게 젓는 기적.

"아니다. 행님 은근히 쑥맥이거든? 선예도 순수 그 자체 아이가. 둘은 분명 진행 못할끼다."

"그렇겠지? 에휴, 이제 선예 마음 좀 받아주시지……."

"행님은 바보 같은 인간이데. 분명 혼자 괴로워하고 있을끼 다……. 아, 그년!!"

기적은 얘기를 하다 말고 은진이 떠올랐는지 답답하고 화가 난 표정으로 외쳤고, 은정이 황급히 달랬다.

"하튼… 두고 봐래. 우리 진하 행님 아프게 한 사람, 내가 절대 가만두지 않을끼다."

평소 자신의 순결한 단순무식으로 진하를 화나게 하는 것도 모른 채 기적은 주먹을 불끈 쥐며 말하다 곧 장난기 어린 목소리로 은정에게 속삭였다.

"몰래 한번 가볼까?"

"으음, 그래도 되려나……."

"안 될 것은 뭐 있노. 가보재. 궁금하다 아이가."

기적이 어린아이처럼 호기심 가득하고 익살스러운 표정으로 말하자 은정은 귀엽다고 생각하며 고개를 끄덕였다.

"자기는 정말… 하늘에서 내려준 천사야. 멋지고 듬직하고 귀엽고……."

"내보다는 자야가 더 안 그러나. 아름답제, 몸매 죽제, 성격 최고제… 정말 하늘이도 질투할끼다."

갓 사랑에 빠진 듯 불타오르며 끈적한 시선으로 서로를 쳐다보는 둘!

그 시각, 솔로들이 영문도 모른 채 구토를 하기 시작하는 괴이한 사건이 발생했다.

"왜케 조용하노?"

진하와 선예가 있는 방 앞에 도둑처럼 슬금, 슬금 접근한 기적이 작은 목소리로 묻자 은정이 마찬가지로 개미 기어가는 목소리로 말했다.

"아마… 자고 있나 봐."

"그런가?"

기적의 얼굴에 아쉬움이 스쳐 갔다.

그럴 일은 없다고 판단했지만 은연중에 기대를 품고 있었던 탓이다.

결국 잠시 더 귀를 대고 기다려 봐도 조용한 침묵만 흐르자 기적과 은정은 몸을 돌렸다. 그때 둘의 귓가로 들려오는 소리……

"오, 오빠……!"

"아아……."

기적과 은정은 두 눈을 마주쳤다.

진하가 바닥에 떨어지면서 선예가 놀랐고, 진하는 아픔으로 인해 신음을 흘린 것이었지만 바닥에 소리 흡수 장치가 설치되어 있다 보니 가장 중요한 떨어지는 소리를 듣지 못한 것이었다. 그래서 서로를 마주 보는 기적과 은정의 두 눈동자에는 음흉함이 흐르고 있었고, 다음날 허리를 만지며 아프다는 진하의 모습으로 인해 추측은 확신이 되어버렸다.

Part 7
성향 전쟁

The knight of mask

성향 전쟁으로 인해 라스트 월드는 뜨겁게 달구어졌다.

차원 판타지뿐 아니라 전 차원계에서 동시에 벌어지는 이벤트였고, 그로 인해 라스트 월드 기자들은 물론 방송에서조차 성향 전쟁의 랭커들을 실시간 확인하고 수정하며 정보를 전달하기 바빴다.

그만큼 유저들 역시 많은 기대를 품은 채 우승자를 점치며 내기를 하기도 했으며, 그중에 속해 있는 눈류는 접속하자마자 후끈한 열기를 느끼며 주변을 둘러봤다.

성향 전쟁 중에만 사용 가능한 변신 기능!

그래서 마을에는 변신한 유저들의 모습이 많이 보였다.

몬스터의 경우도 있었고, 천사의 모습도 있었다. 어둠의 기사인 데스 나이트도 간혹 보였는데 정말 색다른 풍경이었다.

─성향을 선택해 주십시오.

눈류는 눈앞에 뜨는 알림창과 알림 말을 들으며 망설이지 않고 어둠을 선택했다.

이미 접속하기 전에 결심이 섰기 때문이다.

현재 차원 판타지뿐만 아니라 전 차원계의 성향 비율은 빛이 압도적으로 많은 편이었다. 그다음이 어둠이고 마지막이 중립이었는데, 중립이 다 어둠을 선택한다 할지라도 빛의 수를 따라가지 못한다.

성향 전쟁! 즉, 반대편 성향을 많이 죽이는 전쟁.

그렇다면 소수의 성향에 속해 있는 것이 득점할 기회도 많아진다는 것이었다.

─어둠을 선택하셨습니다. 일주일 동안 밤이 되면 전체 스텟이 10% 향상됩니다.

'그렇다면 낮에는 빛이 더 강하다는 것이군.'

알림 말을 들으며 눈류는 아무도 없는 곳을 향해 걸음을 이동했다.

크게 상관은 없지만 혹시나 하는 마음에 인적이 드문 곳에서 변신을 하려는 것이다.

'조금 늦은 만큼 쉬지 말아야 한다.'

마을을 걸으면서 의지를 다지는 눈류.

온천을 다녀오느라고 이벤트가 시작한 지 게임 시간으로 두 시간 늦게 접속한 상태였다.

그래서 점수 랭킹의 차이가 조금 벌어져 있었다.

그렇기에 눈류는 일주일 동안 쉬지 않고 전쟁에 참여할 계획이었다.

그래서 알약을 비롯한 모든 준비를 마친 뒤 접속한 상황이었고, 우승에 대한 의지를 불태웠다.

"으음, 여러 가지가 있네."

성향별로 변신할 수 있는 모습이 다른데 어둠의 경우는 총 25개의 존재가 있었다.

데스 나이트를 비롯해 흑기사, 리치, 마족, 몬스터 등등 종류가 많았고 눈류는 잠시 고민하다가 기사의 장비를 모두 착용한 뒤 흑기사를 선택했다.

데스 나이트도 마음에 들지만 말이 거슬린 탓이었다.

─흑기사를 선택하셨습니다. 언제든 해제가 가능합니다.

지이이잉.

눈류는 알림 말과 함께 온몸을 감싸는 어두운 빛을 바라보며 두 눈을 감았다. 그리고 빛이 약해졌다고 생각되었을 때 근처 여관에 들러 거울을 통해 자신의 모습을 쳐다봤다.

얼굴에 쓰고 있던 가면을 비롯해 모든 것이 사라진 상황이었다.

대신 얼굴에는 검은색의 음산한 투구가 자리 잡고 있었고, 입고 있던 옷 역시 온통 검은 빛깔로 변했다. 그리고 전신에 은은한 검은 빛깔이 흘렀는데, 만약 이런 장비와 빛을 발휘하는 아이템을 판다면 바로 살 정도로 위압적이었으면서 멋있었다.

'대단하군.'

눈류는 몸을 살짝 움직여 본 뒤 감탄했다.

마치 이전의 장비를 착용했을 때와 똑같은 느낌!!

환영 마법으로 외형만 바꾸는 것이었기에 이질감을 전혀 느낄 수 없었고, 눈류는 만족스러운 표정으로 여관을 벗어나 마을 밖으로 향했다.

이제는 점수를 올릴 차례였다.

파지지지직!!

"크옥! 다 죽어 버려!"

"이봐, 내 거야! 건들지 마!"

"비켜! 저놈은 내가 잡는다!"

"파이어 스톰!!"

"지옥의 손길!!"

밖으로 나오자마자 장관이 눈앞에 펼쳐졌다.

자신의 성향으로 변신한 모든 유저들이 입구에서부터 치열한 전쟁을 벌이고 있었다. 서로를 죽고 죽이는 지옥과 같은 풍경!

그러나 살인을 꺼리는 이들로 인해 변신 기능과 함께 피가 튀지 않았으며, 죽는 순간 바로 근처 마을로 텔레포트가 되도록 설정되어 있었다.

물론 아무리 게임이고 피가 튀지 않으며, 인간의 모습이 아니라 할지라도 사람이라는 생각에 사로잡혀 죽인다는 것이 불편한 일부 유저들은 전쟁에 참여하지 않았다.

'범위 스킬로 최대한 많은 데미지를 입혀야 한다.'

눈류는 상황을 주시하며 생각했다.

성향 전쟁은 일부 퀘스트처럼 막타를 입히면 점수를 얻는 형식이 아니었다.

죽은 유저에게 데미지를 입힌 만큼 점수로 계산되어 얻게 되었으며, 가능한 많은 데미지를 입힐 수 있는 범위 스킬이 효율적이었다.

그래서 마법사들 역시 범위 스킬 위주로 반대편 성향의 유저들을 공격했으며, 정체도 밝혀지지 않기에 스틸이라는 개념도 존재하지 않았다.

오로지 눈에 보이는대로 공격해서 점수를 많이 얻는다!

모두는 그 생각만 하며 전쟁을 치루는 중이었으며, 대충 빛의 유저들이 많이 있는 곳을 파악한 눈류는 자신을 향해 날개를 단 남성 천사가 마법을 발휘하자 실소를 흘리며 검을 뽑아들었다.

그러자 많은 이늘이 전쟁인 것도 잊어먹은 채 눈류의 검을 주시했다.

바로 레드 마나의 영향! 레드 마나는 변신된 상태임에도 불구하고 여전히 불꽃같은 빛을 발휘하고 있었다.

"우와! 저런 것 처음 봐!"

"뭐지? 저런 아이템도 있었나?"

"들어본 적이 없는데? 진짜 멋지다."

"님! 그거 어디에서… 크윽! 이 망할 놈의 빛의 유저들!"

눈류는 속으로 한숨을 내쉬었다.

이런 반응들을 충분히 예상했기에 레드 마나를 보여주기 싫었다.

그러나 현재 자신은 누구인지 전혀 알 수 없는 상황이었으며, 검을 쓰지 않을 수는 없기에 어쩔 수 없는 선택이었다.

눈류는 곧 모두의 반응을 무시한 채 움직였다.

그러자 흰빛이 감싸고 있는 유저들 사이로 순식간에 접근한 눈류!

"크아아압!!"

스파아아앗!!

카리스마와 바람의 비명을 동시에 발휘하며 공격을 한 뒤, 뒤로 빠졌다.

조금이라도 움직임이 느려지면 자신은 집중 공격을 받게 될 것이다. 그러면 제아무리 레전드라 할지라도 죽음을 피할 수 없으며, 죽게 될 경우 가진 점수의 일부를 잃게 된다.

그래서 빠른 속도로 치고 빠지기를 잘 해야 했다.

"크윽! 저놈이!"

"잡아!!"

"오. 스텟의 능력이 향상됐다."

"저 흑기사가 지른 고함 때문인가?"

눈류는 이마를 살짝 찌푸렸다.

카리스마를 발휘한 것은 단지 자신의 능력을 올리기 위해서였다.

그런데 파티를 맺지 않아도 전쟁에서는 성향만으로 편이 갈라져서인지 어둠의 성향인 유저들은 능력이 상승되었고, 근처에 있는 빛의 유저들은 능력이 낮아짐과 동시에 스턴이 걸리기도 했다.

'좋지 않군.'

계속 치고 빠지기를 반복하던 눈류는 짜증스러운 표정이 되었다.

바로 마법사들과 보조 직업을 가진 유저들 때문이었다.

현재 눈류의 스텟은 총 -35%가 되어 있는 상태.

거기에다가 각종 저하 마법도 걸려 있었다.

자신의 카리스마가 반대편 유저들에게 피해를 주는 만큼, 빛의 보조 마법에 어둠의 유저들도 피해를 받았다.

그래서 각 진영의 마법사들과 보조 직업의 유저들은 참여하자마자 온갖 상승, 방해 마법과 스킬들을 시전했고, 두 진영이 서로 맞물렸지만 인원의 차이로 어둠이 더 큰 피해를 받는 것이었다.

'옮길까? 아니야. 어디를 가도 다를 것 없을 것이야.'

전쟁이 벌어지는 동안은 전 마을의 텔레포트 비용이 무료였다.

그래서 언제든지 사람이 더 많은 곳으로 이동할 수 있으며, 라스트 월드 게시판을 비롯해 방송에서도 어디에 가장 많은 유저들이 밀집해 있고, 어디에 빛의 유저 혹은 어둠의 유저가 많다는 등 정보를 쉬지 않고 알려줬기에 좋은 곳을 찾는 것은 어렵지 않았다.

그러나 눈류가 미처 파악하지 못한 점은 어디에 가도 마찬가지였다.

사람이 적게 몰린 곳이든, 많이 몰린 곳이든 대립을 하는 곳에서는 빛의 유저들이 많기에 어둠의 유저들은 여러 마법과 스킬로 인해 불리한 입장에서 싸우고 있었다.

'바보였어.'

눈류는 자신의 실수를 자책하며 입술을 잘근 깨물었다.

그러다 곁에 다가온 녹색빛의 유저를 무시하며 재차 움직였다.

쩌저적! 콰쾅!!

한 유저의 몸이 베임과 동시에 텔레포트도 되기 전에 폭발해 버렸다.

파멸의 검으로 일어난 현상!

'이 정도면 몇 등이지?'

포션을 쉬지 않고 마시며 적들을 상대하던 눈류는 지친 얼굴로 일단 마을 안으로 들어갔다.

마음 같아서는 빵을 먹으며 피로도를 회복하고, 쉬지 않고 싸우고 싶지만 사방이 적인 상황에서는 쉽지 않았다.

더군다나 생각이 짧은 몬스터들도 아닌 모두 유저들이었다.

잠시라도 방심한다면 죽게 되는 상황!

그래서 눈류는 만약을 대비해 음식이라도 안전하게 먹기 위해 마을 안으로 들어와 빵과 물을 황급히 먹고 마셨다.

그러면서 게임 속 게시판을 열어 자신의 순위를 확인했다.

언제 어디에서든 순위를 확인할 수 있었는데, 눈류의 현재 순위는 빛과 어둠을 통합해 이천만이 조금 넘는 수준이었다.

그나마 직장이나 개인 사정으로 인해 많은 이들이 아직 참여하지 못했고, 눈류가 한 시간 동안 적들의 약점과 스킬을 이용해 잘 싸웠기에 가능한 순위였다.

'일주일 동안 죽어라 한다면 가능하겠지.'

눈류는 자신의 끈기와 집념, 노력을 믿었다.

물론 자신처럼 일주일간 쉬지 않는 유저들이 많을 것이다.

그러나 불가능하다고 생각하기보다는 할 수 있다고 믿기로 결심했고, 음식을 빠르게 다 먹은 뒤 포션들을 재차 정비한 후 마을 밖으로 뛰쳐나갔다.

마음속으로는 일주일 동안 포션 값으로 사라질 라르크들을 위해 눈물을 흘리며.

성향 전쟁이 시작된 지 이틀째.

현재 가장 큰 화제는 누가 뭐라 해도 시시각각 변하는 유저들의 순위였다.

그중 상위 100위에 있는 인물들은 많은 관심을 받고 있었는데 많은 유저들에게 알려진 레전드들도 존재했다.

그리고 다음으로 화제가 되는 것은 엄청난 속도로 추격해 오는 유저들이었다.

첫날에는 눈에 띄지 않았는데 하루가 지나자 점수가 급상승한 유저들!

그중에 눈류가 포함되어 있었다.

마지막으로는 흑기사의 관한 얘기들이었다.

검에서 붉은빛이 뿜어져 나온다!!

아직까지 빛을 내게 하는 아이템이 전무한 상황에서 스샷까지 찍힌 흑기사의 존재는 많은 유저들을 궁금하게 했고, 방송국에서도 그를 찾기 위해 혈안이었다.

더불어 코멘트에는 높은 가격을 제시하며 산다는 사람도 줄을 이었다.

하지만 정작 당사자인 눈류는 그런 사실도 모른 채 점수를 올리는 데 열심이었다.

눈류가 한곳에서 오랜 시간 전투를 했다면 모두가 그럴 것이다.

독종! 독종도 저런 독종이 없다!

그러나 눈류는 일정 시간이 지나면 정보를 확인하며 빛의 유저들이 많이 밀집한 곳으로 텔레포트를 했고, 그곳에서도 시간이 지나면 자리를 옮겼다.

그 이유는 시선이 너무 집중되는 레드 마나 때문이었다.

안 그래도 치고 빠지기를 잘해 집중 공격을 받을 때도 있었는데, 레드 마나로 인해 자신의 정체는 모두에게 더욱 각인되었다.

그래서 눈류는 일부러 이곳, 저곳을 옮기며 전쟁을 치뤘으며, 아직까지 피로도와 배고픔으로 인한 배를 채우기 위한 시간을 제외하고는 단 한 번도 쉰 적이 없었다.

쉴 수 없었다. 지도의 조각이라 추정되는 보상 아이템이 눈앞에 있는데 어찌 쉬겠는가!

스파아앗!!

눈류의 레드 마나를 머금은 검이 한 마법사의 허리를 베고 지나갔다.

그런 눈류의 신형은 잠시 비틀거렸지만 곧 정신을 차리며 최대한 감각에 집중했다.

이런 전쟁터에서 가장 무서운 것은 눈앞에 있는 상대가 아닌, 어디에서 오는지 모르는 공격들이었다.

현재 눈류가 싸우고 있는 곳 역시 수백 명의 유저들이 엉키며 사방에서 범위 마법이 쏟아졌고, 화살의 비가 내렸다.

콰콰쾅!! 사사사삭!

그렇지만 눈류는 집중력을 잃지 않으며 육감을 최대한 발휘했다. 그것이 눈류의 점수를 급상승시킨 요인 중 하나였다.

자신이 목표한 공격을 하면서도 적의 공격에 쉽게 당하지 않는다!

그 말인즉 죽으면서 잃게 되는 점수가 거의 없다는 것이었다.

'젠장. 힘들다.'

밤이 되어 전체적인 능력이 오른 상태였지만 그래도 빛의 유저들이 많기에, 전체 스텟은 기존에서 낮아진 상태였다.

그런데 집중력까지 최대한 끌어올리다 보니 평소보다 빨리 지치게 되었고, 거친 호흡을 삼키던 눈류는 그림자 조각을 발휘해 살짝 옆으로 물러섰다.

그러나 눈에 띄는 검은 인벤토리에 집어넣을 수 없었다.

만약 쉬려는 순간에 기습을 받으면 검을 소환하다가 공격당하기 때문이다.

우걱, 우걱!

눈류는 황급히 딱딱한 빵을 꺼내 입에 쑤셔 넣었다.

배를 채우는 시간은 15초면 끝이지만 그 순간 눈류는 월하가 간절했다.

월하가 있었더라면 같은 빵이라도 훨씬 달콤하고 맛있는 것을 먹을 수 있을 텐데…….

이제는 월하를 라이벌에서 돈줄로 생각하는 눈류였다.

스스스스스!

막 입 안 가득한 빵을 삼키며 물을 마시려던 눈류는 오싹한 느낌을 받으며 황급히 자리를 피했다.

퍼석! 퍼석!

자신이 서 있던 지면이 두부처럼 깨져 버렸다.

'궁수!'

상대의 정체를 파악하자 눈류는 일단 몸을 움직이며 적을 찾기 위해 노력했다.

그러다 엘프의 모습을 한 남자와 눈이 마주쳤다.

남자의 손에는 고급스러워 보이는 활이 들려 있었는데 자신보다 고레벨이라 판단했다.

궁수의 위력은 어마어마하다.

특히 눈류처럼 접근해서 싸우는 격수 유저에게 있어 궁수는 더욱더 무서운 존재였다.

긴 사정거리, 마법사와 맞먹는 데미지, 빠른 움직임!

그나마 다행이라면 활을 연달아 발사하는 속도가 느리다는 점이었는데, 그 부분도 스킬을 잘 활용하면 단축시킬 수 있었다.

그래서 일 대 일 대결이라면 격수 직업은 궁수를 절대 이길 수 없다는 말도 있을 정도였다. 그러나 상대는 눈류였다.

눈류에게는 궁수만큼은 아니지만 긴 사정거리의 더블 소울이 있었고, 순식간에 접근할 수 있는 그림자 조각도 존재했다.

더군다나 지금은 밤!

안 그래도 조화를 이루며 낮과 밤에 모두 강한 눈류였고, 현재는 어둠의 유저이기에 더욱 강해진 상태였다.

시야를 비롯해 레벨을 제외하고는 모든 부분이 눈류가 뛰어난 상태!

물론 빛의 유저들의 스킬들로 인해 전체 스텟이 마이너스된 것이 영향을 끼칠 수도 있지만 크게 걱정하지 않았다.

'온다!'

눈류는 자신을 향하는 빛의 화살을 바라보며 인파들 속으로 파고들었다.

그러자 빛의 화살은 목표를 잃고 괜한 지면을 박살 냈다. 이에 에프시는 짜증스런 표정이 되었다.

아까부터 노련하게 치고 빠지며 점수를 얻는 것이 기분 나빴다.

더군다나 그의 검에 죽을 뻔하기도 했다!

다행스럽게 친구가 힐을 난사해 살기는 했지만 에프시는 눈류에게 개인적인 감정마저 생겨 버렸다.

일반 유저라면 감정이 생겨도 누가 누구인지 모른다. 그러나 눈류는 레드 마나로 인해 달랐고, 예의 주시하고 있다가 멀어지는 것을 확인한 뒤 공격을 한 것이다.

그런데 저렇게 인파들 사이로 파고들면 정확하게 조절을 할 수 없다.

화살에 추적 장치가 걸린 것도 아니고, 그런 스킬이 있는 유저가 있기는 하지만 아쉽게도 에프시는 없었다.

'미꾸라지 같은 놈.'

자신을 의식해서인지 아까보다 더욱더 활발히 움직이며 한곳에 머무르지 않는 눈류를 바라보다 에프시는 입술을 잘근 씹었다. 그리고 어쩔 수 없이 다른 유저를 향해 활을 겨냥하고 스킬을 발휘했다.

그리고 그 순간… 눈류의 신형이 돌풍처럼 에프시를 향해 파고들었다.

그 와중에도 에프시의 움직임을 놓치지 않았다. 게다가 자신을 고의로 노린 자를 용서할 만큼 마음이 넓은 눈류가 절대 아니었다!

"죽어라……."

에프시의 눈이 크게 떠졌다.

거리가 거리인지라 순간적으로 방심했다.

아무리 눈류의 빠른 움직임을 알고 있었다 할지라도 이 정도 거리는 무리라고 생각했고, 그 예상은 맞았다.

그래서 눈류는 그림자 조각을 발휘해 거리를 좁힌 후, 더블 소울을 사용한 것이다.

스파아아앗!!

십자 형태의 마나의 기운이 순식간에 에프시의 몸을 관통하며 지나갔다.

죽음, 그 순간에도 에프시는 경악한 눈동자로 눈류를 바라보다 마을로 텔레포트되었고, 그 모습에 눈류는 씁쓸한 표정을 지었다.

절대 그를 동경해서가 아니었다.

'하루에 한 번이라는 제약만 아니었다면… 몇 번은 더 죽일 텐데.'

자신을 노린 놈을 하루가 지나기 전까지 또 죽일 수 없다는 아쉬움!!

소심함이라면 전 차원계에서 최상위 랭커를 할 정도의 눈류였다.

지글지글.

"이야, 맛있겠네예."

진하의 집에 많은 사람들이 모여 있었다.

박하와 진석, 만파는 물론 은하와 은정, 선예, 기적, 칠호도 자리하고 있었다.

얼마 전 다 같이 모여서 밥 한 끼 먹자고 한 박하의 말이 실현된 것이었고, 기적은 잘 익고 있는 삼겹살을 보며 침을 삼켰다.

"어. 랭킹에 관한 정보네."

그때 채널을 돌리던 은하가 라스트 월드 관련 인기 프로그램인 GOGO 라스트 월드에서 리모컨을 내려놓았다. 그러자 모두의 시선이 자연스럽게 TV로 향했다.

"진하 놈은 몇 등이지?"

"제가 확인해 봤는데 지금 어둠에서 11등이에요."

"정말 내 오빠지만 독하다, 독해……."

박하의 말에 선예가 대답하자 은하가 실소를 흘리며 고개를 저었다.

현재 차원 전쟁이 시작된 지 게임 시간으로 5일이 흐른 상태였다.

그동안 진하는 단 한 번도 캡슐 밖으로 나오지 않은 채 오로지 전쟁에만 몰두하고 있었다.

"이야. 행님, 몸은 괜찮으려나 몰겠네예."

"그러게. 박하 저놈을 닮아서 오기만 강해서 문제지. 하하."

"크하하. 만파, 오기로 따지면 자네만 하겠는가?"

"둘 다 똑같은 놈일세."

"오기 진석, 자네는 그냥 빠지게."

기적의 한마디에 술을 살짝 먹은 세 명의 어른들이 말꼬리를 잡기 시작했다. 그러다 점점 농도가 짙어졌고, 분위기가 이상해지려고 하자 은하가 나서서 황급히 말렸다.

"아, 아빠! 아저씨들! 에이, 제 술 한잔 받으세요!!"

평소에는 까칠함의 대명사이지만 필요할 때는 진하보다 더욱 뛰어난 연기력으로 여우가 되는 은하! 그 모습에 박하와 진석, 만파의 표정이 조금 풀렸고, 셋은 하나같이 말했다.

"내가 마음이 넓어서 참는 것이네!"

셋 다 똑같다고 생각하며 모두는 속으로 웃음을 터뜨렸다.

"네. 오늘은 현재 많은 관심을 받고 있는 성향 전쟁에 대한 정보와 누가 우승할 것인지 추측을 해보는 시간을 갖겠습니다."

"어머, 그런가요? 저도 하고 있는데 아직 천만 등에도 못 들었더라고요. 그런데 그 많은 유저들 중에서 우승을 하시는 분은 도대체 누구죠?"

남자 MC의 말에 여자 MC가 궁금하듯 되묻자, 남자 MC는 영상 쪽으로 손가락을 가리키며 말했다.

"화면을 통해서 얘기하겠습니다. 자, 보시죠."

그러자 화면에서는 성향 전쟁에 관한 많은 영상들이 웅장한 음악과 함께 흐르기 시작했고, 그때까지도 옥신각신 다투던 세 어르신을 비롯해 모두는 TV에 시선을 고정시켰다.

비록 그들은 우승을 포기한 지 오래였지만 그래도 관심이

가는 것은 어쩔 수 없었다.

"일단 빛의 전사들부터 설명하겠습니다. 현재 빛의 전사들 중 1위를 달리고 있는 유저는 바로 랭킹 1위이기도 한 레전드! 라스트님이십니다!'

MC의 말이 끝남과 동시에 라스트의 영상이 화려하게 펼쳐졌다. 다만 모습을 바꾸고 참여하고 있는 현재의 모습은 나오지 않았다.

"현재 라스트님은 가장 유력한 우승자로 뽑히고 있습니다. 하지만 라스트님도 긴장하셔야 합니다. 2등이 바로 쓴맛의 전사! 카카우님이기 때문입니다. 스스로 자신의 힘을 봉인하며 지낸다고 하실 만큼 레전드는 아니지만 랭킹 2위를 달리며 무시무시한 능력을 보여주던 카카우님께서는 현재 우승을 위해 99%의 힘까지 발휘하였다고 인터뷰를 하였습니다."

"어머, 왜 100%까지 발휘하지 않는 것이죠?"

"하하. 물어봤는데 100%를 발휘할 경우 자신의 스킬이 너무 세서 아군들조차 살아남지 못한다는군요."

MC들의 말에 시청하고 있던 모두는 실소를 흘렸다.

카카우는 유명한 고레벨 중 한 명이었는데, 평소 자만이 도를 넘는 유저였다.

"그리고 3위를 달리고 계시는 유저 분은 염화님이십니다. 염화님은 현재 레벨이 100대 초반이며, 레전드 죽음의 빛으로 알려진 분이십니다."

"오오! 놀랍네요. 아무리 전쟁 시스템이 레벨 영향을 받지 않도록 했다 하지만 레벨 100대에서 3위 분이 나올 줄은!"

"아직 놀라기는 이릅니다. 레벨 100대의 분들은 빛과 어둠을 합쳐 10위까지 총 네 분이나 되는걸요."

MC들은 수다를 떨며 남은 7명까지 발표했고, 빛의 전사들이 모두 발표되자 이제 어둠의 전사들 차례였다.

"네. 어둠의 유저 분 중 가장 유력한 우승 후보는 현재 점수 1위를 달리고 계시는 레전드 다크 쉐도우! 진은님이십니다!"

TV를 바라보던 몇의 표정이 굳어버렸다.

그러나 사정을 모르는 어르신들은 여전히 자기가 맘이 더 넓다며 싸우고 계셨다.

"그럼 영상을 함께 보시죠!"

MC의 말과 함께 진은의 이전 영상들이 나오기 시작했다.

그 속에는 은진도 함께였는데 모든 사정을 알고 있는 일행들 중 기적의 표정이 가장 급격하게 일그러졌다.

"그리고 2위는 다크 스나이퍼로 알려졌죠! 바로 세라님이십니다!"

"아, 저 누군지 알 것 같아요!"

"예. 세라님이라면 이전 1주년 대회에서 레전드 가면의 기사인 눈류님과 결승전을 치른 뒤 스스로가 레전드임을 밝혀 많은 관심을 받았었죠."

"아, 그때의 대결은 정말 눈을 뗄 수 없었어요. 그런데 눈류님은 없으신가요?"

여자MC의 질문에 남자MC는 짓궂은 표정을 지으며 대답했다.

"글쎄요. 있을까요? 없을까요?"

"에이. 빨리 발표해 주세요. 궁금하잖아요."

MC들은 곧이어 3위부터 10위까지를 발표했는데 그중에 눈류는 없었다. 하지만 그것이 끝이 아니었다.

"자, 그럼 이제 마지막으로 화제의 유저 분들입니다!"

"화제의 유저 분들이라면?"

"아직 10위 안에는 없지만 단기간 엄청난 속도로 상위권에 드신 분들이죠. 어쩌면 이분들 중에서 우승자가 나올지도 모릅니다."

"어머, 빨리 발표해 봐요."

"네. 첫 번째로……."

남자 MC는 영상과 함께 몇 명을 발표했다.

그중에서는 진은의 선배인 라이트도 있었는데, 이제 단 한 명만을 앞두고 있었다.

"자, 그럼 마지막 유저 분입니다. 바로! 가면의 기사! 눈류님이십니다!"

"우와, 행님입니더!"

"오빠, 또 방송에 나오네."

"우리 진하 형님이 유명하잖아요. 하하."

"역시 내 아들이야. 키운 보람이 있어!"

진하의 등장에 기적과 은하, 칠호와 박하가 한 마디씩 했고 선예는 눈을 떼지 못하며 현재까지 공개된 진하의 편집 영상을 보며 살며시 미소를 지었다.

"눈류님은 현재 11위까지 순위가 오른 상황인데 1위부터 다들 큰 차이가 없는 편이라 어쩌면 눈류님이 우승을 할지도 모릅니다!"

"저 눈류님 너무 좋아해요!"

"에이, MC분이 유저 분에게 감정을 가지시면 안 됩니다!"

여자 MC의 말에 남자 MC는 웃으며 멘트를 되받아쳤고, 둘은 곧 얼마 전 나타난 빛의 검을 비롯해 라스트 월드의 다른 정보들도 소개했다.

드르르륵.

그때였다.

방문이 열리는 소리와 함께 모두의 시선이 한곳으로 이동되었다.

비틀, 비틀.

그러자 웬 좀비 하나가… 아니, 진하가 퀭한 눈으로 걸어나오고 있었다.

"오, 오빠. 괜찮아요?"

선예가 가장 먼저 일어서며 진하에게 다가가 물었다.

그러자 진하는 말없이 고개만 끄덕인 후 황급히 욕실로 향했다.

차아아악!

물줄기 소리가 흘러나왔다.

그러나 얼마 지나지 않아 밖으로 나왔다.

샤워 시간은 단 1분!!

"해, 행님. 이것 좀 드세예……."

진하의 지치고 붉게 충혈된 두 눈을 마주친 기적이 삼겹살을 내밀자 진하의 표정이 흔들렸다. 알약으로 배는 고프지 않지만 인간이기에 음식을 계속 안 먹다 보니 절로 침이 흐르는 것이었다.

자연스럽게 나오는 짐승 모드!!

휘리릭!! 으적으적!!

"커, 커어억!!"

진하는 잠깐 고민하는 듯했지만 너무나 먹고 싶었던지 순식간에 달려들어 팬 위에 있는 삼겹살을 몇 점 집어 먹었다.

그런데 생각하지 못한 것이 있었다.

바로 막 뜨겁게 익은 삼겹살이라는 것!!

결국 목구멍을 부여잡은 채 방바닥을 뒹굴던 진하는 짐승의 모습으로 모두를 원망스러운 눈길로 흘겨본 뒤, 냉장고로 가 탄산음료를 꺼내 원 샷 했다. 그리고 또다시 괴로움에 목구멍을 부여잡다가 방 안으로 바람과 같이 사라졌다.

진하가 방에서 나와 들어가기까지의 시간은 총 2분!

모두는 멍한 눈으로 진하가 사라진 방문을 한참이나 쳐다볼 뿐이었다.

'어떻게 됐을까?'

눈류는 초조함과 함께 검을 휘둘렀다.

그러자 신성스런 동물의 모습을 한 유저가 목숨을 잃으며 사라졌다.

드디어 마지막 7일째.

눈류는 6일 저녁에는 점수 랭킹 5위에 올라섰고, 여전히 쉬지 않은 채 전쟁을 하는 중이었다. 이곳저곳 지역을 옮겨 다니다 자신보다 강한 사람이 나타나면 자존심을 버리며 피했고, 약한 이들 위주로 공격을 감행했다.

그 결과 5위에까지 올라설 수 있었지만 마지막 7일째인 지금은 순위 자체가 공개되지 않았다. 그래서 우승을 바라는 많은 유저들은 더욱 열심히 할 수밖에 없었고, 눈류는 심적으로 지쳐 갔지만 포기하지 않았다.

이제 다섯 명만 제치면 우승이었다.

수천만 명을 넘어서 여기까지 왔는데 어떻게 포기하겠는가!

눈류는 지친 몸을 이끌고 전장에서 빠져나온 후, 귀환을 사용해 마을로 향했다. 그리고 마을에 도착하자 음식으로 배고픔과 피로도를 없앤 뒤 현재 빛의 유저들이 많은 전장을 알아봤다. 그 후 텔레포트와 함께 마르코 왕국의 서쪽 마리홈 지역으로 향했다.

마리홈 지역은 평야가 많아 많은 유저들이 대기 전투에 참여하고 있었는데, 눈류는 그중 신경 쓰이는 한 명을 쳐다봤다.

멀리서 봤을 때도 오싹함이 느껴졌는데 빛의 유저들을 공격하며 가까이 다가서자 더욱 확연히 느낄 수 있었다.

데스 나이트의 형상을 한 유저!

그러나 검을 쓰지 않았다. 오로지 주먹과 발로 많은 유저들을 죽음으로 내몰고 있었다.

'낯이 익다.'

공격을 피하며 점수를 올리던 눈류는 문득 머릿속으로 그 생각이 떠올랐다.

움직임! 스킬! 모두가 어디서 본 듯한 것들이었다!

"······."

그러다 눈류의 동작이 한순간 멈췄다.

뿌드득.

자신도 모르게 이가 갈렸다.

그러나 눈류는 힘겹게 정신을 차리기 위해 노력했다.

지금 이 순간 중요한 것은 1등을 하는 것이었다. 1등을 해야 훗날 자신의 복수에도 도움이 된다.

더군다나 현재는 자신보다 적이 강하다.

'진은······.'

눈류의 눈빛이 데스 나이트로 변신한 진은을 주시했다.

그 눈동자에는 아쉬움과 안타까움도 존재했지만 분노가 가득 차올랐다.

'강하다.'

이전에 한 번 붙었을 때도 느낀 바 있었다.

그러나 지금의 진은을 보니 그때 전력을 다하지 않았다는 것을 알 수 있었다.

'그러나 나도 4차 전직만 하면······.'

눈류는 주변에서 유명한 빛의 검이라며 웅성거림이 들렸지
만 무시한 채 몇을 더 죽인 후 귀환 주문서를 사용했다.

그런 눈류의 눈동자는 여전히 진은을 주시하고 있었고, 마
침 사람들의 소리에 고개를 돌리던 진은과 두 눈이 마주쳤다.

하지만 진은의 눈은 변신 이후 검은색으로밖에 보이지 않았
으며, 눈류 역시 노란색의 빛을 뿜어낼 뿐 그 속에서 감정을 알
아보기란 어려웠다.

스파아아앗!

곧 눈류의 신형은 마을에 도착했고, 눈류는 다시 정보를 확
인한 뒤 움직였다.

머릿속이 복잡하고 마음이 아프다 소리쳤지만 그런 것을 돌
볼 여유 따위는 현재 존재하지 않았다. 오로지 우승! 그것만이
눈류의 목표였으며, 목표를 이루기 위해 자신의 아픔을 무시
한 채 다크 엘프 대륙으로 텔레포트를 하였다.

정보로만 따지면 다크 엘프 대륙보다는 엘프의 대륙이 더
좋은 곳이었다.

그러나 어제 엘프의 대륙에 들렸다가 어떻게 알았는지 자신
을 찾아온 장로 루운으로 인해 곤혹을 치른 경험이 있기에 눈
류는 다크 엘프 대륙을 선택했다.

"우와, 검 봐! 그 유명한 유저인가 봐!"

"갖고 싶다!"

"이 바보들! 적을 뭘 그렇게 부러워하는 것이야!"

눈류의 모습에 몇 이들이 전쟁도 중단한 채 쳐다봤지만 눈

류는 무시하며 칼을 움직이기 바빴다.

한 명, 두 명, 세 명… 10명, 100명······.

시간이 얼마나 흘렀는지 모른다.

이제 남은 시간은 3시간 남짓.

그 안에 최대한의 성적을 끌어올리기 위해 눈류는 유저, 몬스터 가리지 않고 최선을 다해 점수를 올리기에 열중했다.

두근… 두근······.

그 순간이었다.

눈류는 알 수 없는 오한에 시선이 느껴지는 곳을 쳐다봤다.

이미 날이 어두웠지만 상대가 정확하게 눈에 들어왔다.

그는 흰 로브를 입은 마법사의 모습이었는데, 얼굴은 어두운 그림자에 가려 보이지 않았다.

괴기스럽기까지 한 모습!

하지만 그보다 무서운 것은 그에게서 느껴지는 힘이었다.

'위, 위험하다.'

언제부터 와 있었는지는 모른다.

그러나 상대의 몸에서 흰빛이 뿜어져 발하고 있었으며, 자신을 빤히 바라보고 있었다.

'일단 피하자.'

죽을 수 없었다. 힘겹게 올린 점수가 깎이는 꼴을 볼 수 없었다.

그리고 치열한 접전에서는 작은 점수로 인해 우승자가 결정되는 법이기도 했고, 현재 순위를 확인할 수 없는 상황이기에 눈류는 자리를 피해 다른 지역에 가서 재차 전쟁을 치르려고 했다.

하지만 상대의 움직임이 더 빨랐다.

"호오, 빛의 검이 나타났다는 말을 들어서 와봤더니… 정말 놀랍군."

자신도 모르는 사이 순식간에 뒤에서 접근한 유저!

눈류는 돌아보는 순간 죽을지도 모른다는 위협을 느꼈다.

"그 검에 대해 알려주겠나?"

눈류는 빠르게 주변을 살폈다.

일부는 자신들을 쳐다보고 있었지만 대부분은 전쟁을 하기에 여념이 없었다.

'검 때문에 찾아온 것이군.'

상대의 얘기를 통해 검의 정보를 캐기 위해 온 고레벨 유저라는 것을 알 수 있었다.

'마법사라면 도망치기 힘든가……'

몸이 외쳤다. 월하보다 더욱 위험하고 강한 상대라고!

그러니 월하조차 추적 마법으로 자신을 따라올 수 있는데 저자를 쉽게 따돌릴 수 없을 것이다. 더군다나 이렇게 자신을 목표로 삼고 있는 이상 귀환은 쓸 수도 없는 노릇이었다.

'일단 공격을 하는 척하며 마을로 들어가자.'

눈류는 힐끔 마을의 입구를 쳐다봤다.

다행스럽게도 마을에서 멀리 떨어지지 않았다.

그림자 조각을 두세 번 정도 사용하면 들어갈 수 있을 것 같왔고, 그 짧은 시간이라면 제아무리 마법사라 할지라도 따라오지 못할 것이라 믿었다.

"가르쳐 줄 수 없다."

생각을 정리하는 순간 눈류는 상대를 도발하며 빠르게 움직였다.

현재 시간은 금이었다. 자신보다 강한 상대와 말다툼을 할 시간이 없었다. 죽어서 점수를 잃을 수는 더욱 없었다.

"크하아압!!"

눈류의 입에서 카리스마가 터져 나왔다.

그러자 자연스럽게 스탯이 일정 올랐으며, 눈류는 더블 소울을 발휘함과 동시에 그림자 조각을 사용해 마을 입구 쪽으로 몸을 내던졌다.

차아아악!!

찌이이이잉!!

눈류의 움직임과 동시에 더블 소울은 남자가 소환한 실드에 부딪치며 흔들리다 사라졌고, 눈류가 두 번째 그림자 조각을 발휘했을 때 남자의 신형이 서 있던 자리에서 사라졌다.

'거의 다 왔다!'

눈류는 희미한 미소를 지으며 더욱더 속력을 올렸다.

그러나 거기까지였다.

데구르르르!

본능적으로 위협을 느낀 눈류는 전진을 멈추고 뒤로 몇 바퀴 굴렀다.

그 순간 눈류가 서 있던 곳을 비롯해 그 앞쪽 지면까지 굉음과 함께 부서지며 내려앉았다.

예측 범위까지 계산하고 한 공격!

눈류는 이를 악물며 뒤를 향해 파멸의 검을 휘둘렀다.

콰콰쾅!!

"크으윽!!"

그러자 그가 순식간에 발휘한 실드는 파멸의 검에 깨져 버렸고, 남자는 뒤로 몇 걸음이나 물러서다 검은 그림자로 가려진 얼굴에서 피를 흘렸다.

그러나 눈류는 그때도 도망치지 못했다.

자신의 다리를 붙잡고 있는 붉은색의 마법진!

홀드에서 발전된 고서클의 마법이었다.

"놀랍군. 나의 실드를 깨버리다니……."

남자는 진정 감탄한 얼굴로 말했지만 눈류는 이를 악물며 마법진에서 벗어나기 위해 정신을 집중했다. 그와 함께 마나를 발아래로 내리기 시작했다.

단지 마나를 움직인 것임에도 불구하고 마나창에서 마나가 줄어들기 시작했고, 남자의 손이 허공에 올라갔다.

"하하. 육체의 능력으로 나의 마법을 풀려고 해? 거기다가 마법진이 흔들리다니……. 네놈의 정체는 뭐지?"

남자의 말과 함께 눈류는 경악스런 눈동자로 남자의 손에 소환된 마법을 바라봤다.

이글이글 타오르는 백색의 불꽃!

바로 월하의 최강의 기술인 헬 파이어였다.

"그 빛의 아이템에 대해 말하라. 그렇다면 살려주지."

눈류는 빠르게 머릿속을 회전시켰다.

도망칠 방법은 단 하나였다.

"거절한다."

"그럼 죽어라……."

눈류가 단호하게 말하자 남자는 어쩔 수 없다는 듯 마나를 더욱 끌어올리더니 손을 움직였다.

쒜에에에엑!!

그러자 헬 파이어가 무시무시한 기세로 달려들었다.

'마나의 벽!'

그 순간 절대 방어 스킬! 마나의 벽을 발휘하는 눈류.

콰콰콰쾅!!

눈류는 헬 파이어가 부딪치는 순간 자신을 붙잡고 있던 마법진이 예상대로 깨지는 것을 확인했다. 헬 파이어의 위력을 감당하지 못한 것이다.

그와 함께 눈류는 마나 포션을 흡수하며 황급히 다크 쉐도우를 발휘해 마을 안으로 들어갔고, 잠시 후 눈류가 죽지 않고 도망쳤다는 사실을 안 마법사는 주먹을 불끈 쥐었다.

말도 많고 일도 많았던 성향 전쟁의 막이 내렸다.

그 시각 눈류는 로그아웃을 한 뒤 선예와 잠시 통화를 하다 잠이 들었고, 선예는 통화를 끊고 새벽에 알람을 맞춘 후 잠에 빠져 들었다.

일찍 일어나서 요리를 만들어 눈류와 함께 먹을 생각을 하면서.

그리고 시민은 받지 않는 선예의 휴대폰에 계속 전화를 했으며, 찬성은 은진에게 전화를 할까 고민하다가 술을 마시러 밖으로 나갔다.

마지막으로 은진은 잠시 휴대폰을 바라보며 자신도 모르게 진하의 번호를 눌렀다. 그리고 곧 쓴웃음과 함께 누군가에게 전화를 하더니 외출했다.

"잘된 것 같아요?"

다음날 아침 일찍 요리를 해 집에 찾아온 선예와 밥을 먹은 진하는 선예와의 약속으로 인해 원래 일행들을 만나기로 한 시간보다 일찍 접속했다.

그리고 선예와 함께 발표장 근처에 있는 주점에서 간단한 술과 안주를 시킨 뒤 대화를 나누고 있었다.

"글쎄, 모르겠어. 발표가 되어야 알 것 같아."

각 성향의 1위 발표는 이전 1주년 이벤트가 벌어졌던 대회장에서 열린다.

그래서 눈류뿐 아니라 자신이 우승할 것이라고 생각하는 유저들은 필수적으로 참석해야 했고, 구경을 하기 위해서도 많은 유저들이 몰렸다.

'에휴, 그리고 보니……'

그 순간 눈류는 술을 한 모금 마시며 인상을 찌푸렸다.

대회장에 참석할 때는 현재의 모습으로 가야 했다.

그 말은 가면을 착용하고 가야 한다는 것이다.

맨 얼굴로 갈 경우, 이름이 알려져 있기에 맨 얼굴을 발표하는 것과 다름없기 때문이다.

그런데 가면을 착용해도 문제였다. 바뀐 머리색과 눈매 등을 알리게 되는 꼴이었다.

'어쩔 수 없었다.'

그러나 처음부터 이 부분을 생각했다 할지라도 눈류는 우승을 하기 위해 노력했을 것이다. 그 정도로 지도 조각은 결과를 예측할 수 없지만 꼭 얻어야 되는 아이템이기에.

'이놈의 팔자. 이래도 고생, 저래도 고생이군.'

눈류는 실소를 흘렸다.

정체를 밝히지 않기 위해 별 노력을 다 했다.

그런데 꼭 일이 생겨 정체를 밝히게 노력한 꼴이 되었다.

이전 대회에서도 그렇고, 지금도 마찬가지!

'절대 흥분하지 말자.'

이전에는 진은에 대한 감정을 드러내는 등 실수를 했기에 눈류는 재차 다짐하며 술을 마셨다. 그러다 고개를 갸웃거리며 걱정하는 라일라를 발견하자 애써 웃어 보였다.

"미안. 딴생각 좀 한다고."

"아니에요. 저는 괜찮아요."

웅성웅성!

잠시 시간이 더 지나자 어느덧 술집은 사람들로 꽉 차게 되었다.

그러나 눈류와 라일라가 있는 자리는 큰 테이블임에도 불구하고 텅 비어 있었는데 다른 길드원들이 조금 있다가 올 예정이었기 때문이다.

하나 장사꾼의 입장에서는 달랐다.

이렇게 손님이 많은 대목에 텅 빈 자리를 두고도 손님들을 돌려보낸다는 것은 용납할 수 없는 일!

결국 주인의 명을 받은 종업원이 두 명의 남자를 데리고 눈류와 라일라가 있는 곳에 다가왔다.

"저기 손님……."

"네? 어?"

"어? 라일라?"

종업원의 말에 막 고개를 돌리며 대답하던 라일라의 표정이 급격하게 흐려졌고, 눈류는 그 점을 놓치지 않았다.

그래서 고개를 돌려 라일라에게 반갑게 인사하는 남자를 쳐다봤다가 고개를 갸웃거렸다.

낯이 익었다. 분명 처음 보는 사람 같은데도 말이다.

"친구랑 먼저 와서 수다 좀 떨려고 왔는데 여기서 너를 보네. 우리 합석해도 괜찮지? 자리가 없어서 그러는데."

"네? 그, 그게… 일행들이 오기로 되어 있는데……."

"오면 비워줄게. 알았지?"

남자는 그 말과 함께 자신의 친구를 대동하여 라일라의 옆

자리에 앉았고, 눈류는 실소를 한 번 흘린 뒤 라일라에게 말했다.

"이리 와."

그러자 반색하며 눈류의 맞은편에서 옆으로 옮기는 라일라.

그 모습에 남자의 인상이 살짝 굳었다.

그리고 그때 주변에서 웅성거림이 더욱 커졌다.

"라, 라스트다!"

"랭킹 1위 라스트야! 우와!"

"와!! 템 좀 주세요!!"

눈류의 눈이 놀람으로 크게 떠졌다.

라스트! 라스트 월드를 하는 유저라면 모르는 이가 없는 현재 랭킹 1위였다.

더군다나 최강의 레전드 중에 하나인 소울 브레이커!

눈류는 자신도 모르게 호감의 빛을 눈동자에 나타내다가 곧 고개를 살짝 저어 지웠다.

자신의 목표를 위해서라면 꼭 친해져야 될 인물이었다.

그러나 라일라의 표정을 보니 싫어하는 것이 역력했다. 그런 이를 자신의 필요에 의해 가까워지자니 라일라가 마음에 걸리는 것이었다.

"그런데 누구지?"

라스트는 주변의 외침에도 아랑곳 않고 라일라를 향해 물었다.

그러자 라일라는 눈류를 한 번 바라본 뒤 당황하며 머뭇거렸다.

"그, 그게… 아는 오빠예요……."

"그래?"

라일라는 자신이 좋아하는 사람이라 말하고 싶었지만 상대가 라스트이기에 그럴 수 없었다. 분명 그렇게 말했다가는 눈류에게 무슨 일이 일어날지 알 수 없기 때문이다.

"반갑습니다. 저는 라스트라고 합니다."

라일라의 소개와 함께 라스트는 손을 내밀며 미소를 지었다.

그 웃음에는 자신감과 자만이 눈에 보일 정도로 가득했고, 눈류는 속으로 쓴웃음을 지으며 악수를 했다.

"반갑습니다."

그러나 이름은 밝히지 않았다.

굳이 정체를 알려줄 필요가 없다고 판단했기에.

그런 태도에 라스트는 살짝 기분 나쁘다는 듯한 표정을 얼굴에 흘렸지만 라일라 때문인지 곧 미소를 되찾았다.

"그래서 어제……."

일행들이 좀 늦게 되자 라스트와 같이 있는 시간이 자연적으로 길어졌다.

라스트는 술을 한두 잔 마시더니 라일라를 향해 수다를 떨기 시작했고, 눈류는 지루한 표정으로 말없이 술로 목을 축였다.

그런 눈류에게 라일라는 계속 음성 채팅으로 미안하다고 사과했다.

"그런데 어제 빛의 검을 가진 놈을 찾았지."

라일라와 눈류의 표정이 동시에 굳어졌다.

"아, 하지만 짜증나게 놓쳐 버렸어. 점수가 안 높아졌더라고. 그냥 고문할 걸 그랬나? 나도 시간이 아깝고 놈이 대답을 안 할 것 같기에 그냥 죽여 버렸는데… 아쉬워. 크큭."

눈류는 차갑게 미소를 지었다.

상대가 강하다는 것은 알고 있었다.

그런데 그 유저가 랭킹 1위의 라스트이고, 지금 눈앞에 있게 될 줄은 생각도 하지 못했다.

'그래, 너였다는 말이지.'

테이블 밑에서 주먹을 불끈 쥐는 눈류.

어제는 일단 빨리 도망을 쳐야 한다는 생각 때문에 이름을 알아내지 못했었다.

그래서 훗날 어제의 수모를 갚아주고 싶어도 이름을 모르니 포기할 수밖에 없었다.

하지만 이제는 모든 것을 다 알게 되었다.

'오래 걸리지 않는다.'

라스트는 강했다.

월하는 물론이고 진은도 뛰어넘을 만한 실력이었다.

그러나 그것은 자신이 4차 전직을 하기 전까지라 생각했다.

눈류는 자신의 힘을 믿었다. 자만하지는 않지만 냉정하게 파악했고, 겸손을 떨지 않을 뿐이었다.

'분명 4차 전직을 하면 가면의 기사는 누구보다 강해진다.'

눈류는 차가운 눈으로 라스트를 주시하다 곧 술잔에 입술을 갖다 댔다.

그러면서 떨리는 눈길로 자신을 쳐다보고 있는 라일라에게 음성 채팅으로 괜찮다고 말해주었고, 잠시 후 일행들이 도착하자 라스트는 짜증난 표정으로 자리에서 일어섰다.

"라일라, 전화 좀 받아."

그 말과 함께 나가 버리는 라스트와 친구.

박하다를 비롯해 만파, 기적과 레몬, 샤인과 카르마, 루크와 리야, 페르탄과 일리아, 에시와 라렐, 아린은 무슨 일이냐는 듯 바라봤고, 눈류는 말없이 선예의 손을 따뜻하게 잡아줬다.

눈류는 선예의 성격을 잘 알고 있다.

싫어하는 사람일지라도 티를 잘 내지 않으며 냉정하게 대하지 못했다.

흔히 나쁘게 말하면 너무 착해서 바보 같은 성격.

그러나 지금의 경우는 뭔가 다르다고 생각했다.

그런 선예가 싫어하는 티를 낼 정도라면…….

자신이 함께하는 자리라 더욱 그런 것인지도 모른 채 눈류는 무슨 사정이 있겠거니 생각하며 한참이나 선예의 손을 잡아주었고, 얼마 후 일행들은 모두 자리에서 일어나 발표장으로 향했다.

드디어 우승자가 가려지는 순간이었다.

Part 8
예민한 괄약근

The knight of mask

발표장은 개방된 지 얼마 지나지 않아서 순식간에 사람들로 가득 찼다.

그리고 레전드 길드원들은 앞자리에 앉게 되었는데, 그중에 눈류는 존재하지 않았다. 발표장에 들어서는 순간 운영자 카르미엔에게서 음성 채팅이 들어왔기 때문이었다.

그 내용은 1위부터 3위까지의 유저들은 따로 등장한다는 것이었고, 그로 인해 눈류는 자신의 순위가 최소 3위라는 것을 알 수 있었다.

"어?"

가면의 기사 아이템만 착용하고 갑옷도 벗은 상태인 눈류는 대기실에 들어서자 반가운 얼굴이 있어 자신도 모르게 소리를 냈다.

"눈류? 이야, 3위에 올라왔군."

"그러게."

그녀는 세라였다.

눈류가 확인 가능했던 날까지 세라의 순위는 2등이었었다.

'그렇다면 1등은……'

눈류의 시선이 한곳으로 향했다.

푹신한 대기실 의자에 앉아 있다가 자신이 들어오자 일어선 남자.

바로 진은이었다.

"오랜만이군요."

"네. 그렇군요."

진은의 인사에 눈류도 간단하게 대꾸를 했고, 진은은 곧 자리에 앉았다. 성형을 한 사실이 의아했지만 티를 내지 않았다. 아직 눈류가 진하라는 사실을 확신할 수 없기에 긴가민가할 뿐이었으며, 만약 의심을 드러낸다면 지난번과 같은 사태가 일어날 수 있기에 일단은 참았다.

'다행이군.'

그 모습에 안도의 한숨을 내쉰 눈류는 세라와 이런저런 잡담을 주고받았다.

"빛과 어둠의 대기실이 다른가 봐."

"그러게."

세라의 말에 눈류는 고개를 끄덕이며 대답했다.

대기실에는 자신을 비롯한 세 명뿐이었다. 이 시간까지 우승 가능성이 있는 유저들이 안 오지는 않았을 것이다. 조금 전에 만난 라스트도 없지 않은가.

　―대기실에 계신 여섯 분의 유저들은 반대편 입구를 통해 나와주세요.

카르미엔의 음성이 모두에게 들렸다.

그러자 셋은 자리에서 일어나 들어온 입구와 반대편에 위치한 붉은색 문을 열었다.

그 순간 사회자의 외침과 함께 고막을 울릴 듯한 함성이 터져 나왔다.

"네! 여러분! 최종 여섯 명이 모습을 드러냈습니다!!"

"와아아아아아!!"

"우아! 행님!! 행님!! 지 기적이 여기 있습니더!!"

"히야! 레전드가 몇이야!!"

"누가 우승할까?"

관중들은 함성과 함께 옆에 사람들에게 소리치며 물었고, 발표장은 축제 분위기가 되었다. 그도 그럴 것이 현재 직사각형의 푸른색 무대 위에 올라선 유저들 중 레전드만 넷이었다.

이렇게 많은 레전드를 한 자리에서 볼 수 있는 기회는 흔치 않았다.

"그럼 빛의 진영부터 소개해 드리겠습니다. 첫 번째로 레전드 소울 브레이커! 라스트님! 두 번째는 쓴맛의 전사 카카우님! 세 번째는 광풍의 라이트님이십니다!!"

빛의 진영의 세 명이 발표되자 재차 함성이 발표장을 휩쓸고 지나갔다.

"다음으로 어둠의 진영입니다! 첫 번째로 레전드 다크 쉐도우! 진은님! 두 번째는 레전드 다크 스나이퍼! 세라님! 마지막으로는 레전드 가면의 기사! 눈류님! 이십니다!"

"우와, 행님!! 행님!!"

"오라버니 짱!!"

"아들아!! 넌 내가 키웠다!!"

"눈류님! 크흑! 이 루크 감격스럽습니다!!"

"오빠! 저번처럼 바보같이 웃지 마!!"

"……."

길드원들이 앞 자리에 있었기에 모든 감각이 발달한 눈류는 함성 속에서 그들의 외침을 들을 수 있었고, 애써 길드원들을 외면했다.

창피했다! 하나같이 하는 말들이 왜 저렇다는 말인가!!

"네! 이렇게 여섯 분이 최종 6인에 오르신 분들이며, 이제 발표를 하겠습니다!"

사회자의 말과 함께 시끄러웠던 대회장이 거짓말처럼 침묵으로 가득 찼다. 그런 와중에 라스트의 눈동자는 눈류를 향하고 있었다.

가면으로 가리고 있지만 눈동자와 턱선, 그리고 헤어스타일이 조금 전 만났던 이와 똑같았다. 더군다나 라일라의 길드가 레전드라는 사실을 알게 되었는데, 가면의 기사인 눈류의 길드도 레전드이지 않은가!

'동일 인물이군…….'

라스트의 입술이 차갑게 일그러졌다.

라일라가 자신과 눈류를 향한 태도가 전혀 다르다는 것을 확인한 후부터 내내 기분이 안 좋아 있었다. 그런데 여기서 다시 만날 줄이야.

그때 사회자가 발표를 하기 시작했다.

"일단 안타깝게도 각 진영에서 3위를 하신 분들을 먼저 발표하겠습니다. 먼저 빛의 진영에서는… 광풍의 라이트님이 3등을 하셨습니다!"

사회자의 말과 함께 허공에 떠 있는 영상에 라이트의 정보가 나타났다.

그곳에는 몇 명을 죽였고, 몇 번을 죽었으며, 그로 인해 얻은 점수와 잃은 점수를 계산한 총 합계가 나와 있었다.

"다음은 어둠의 진영입니다."

두둥… 두둥!

마법으로 만든 음악이 긴장감을 고조시켰고, 잠시 침을 삼키던 사회자는 안타까운 표정으로 소리쳤다.

"레전드 다크 스나이퍼! 세라님이십니다!"

"대단한데?"

탈락이 결정되었지만 세라는 실소를 터뜨리며 눈류를 향해 말한 뒤, 곧 무대를 내려갔다. 그 뒤를 이어 라이트가 진은에게 손을 흔들며 사라졌고, 재차 사회자의 음성이 들렸다.

"이제는 동시에 발표하겠습니다. 먼저 빛의 진영! 모두 영상을 봐주십시오!"

사회자의 말에 따라 모두의 시선이 허공에 떠 있는 영상으로 향했다.

그곳에는 라스트와 카카우의 개인 정보가 나타났는데, 하나씩 발표되는 형식이었다.

"오오! 라스트님이 더 많이 죽이셨다!"

"그래도 어떤 레벨의 유저를 죽였냐에 따라 달라질 수 있어!"

첫 번째로는 유저를 죽인 수가 나타났다.

그러자 관중들은 웅성거리며 우승자를 점치기 시작했고, 두 번째로는 죽은 수, 그리고 얻은 점수와 잃은 수가 차례대로 나타났으며 마지막 최종 점수가 나타났다.

"네! 라스트님이 28,430점으로 27,200점의 카카우님을 제치고 빛의 진영 우승을 차지하셨습니다!!"

"우와!! 만세!"

"라스트님 최고다!!"

"정말 독해!!"

발표가 끝나자 카카우는 얼굴에 실망을 감추지 않은 채 자리를 떠났다. 그리고 라스트가 속해 있는 길드원들을 비롯해 많은 이들이 환호를 하며 축하해 줬다.

"자, 여러분! 이제는 어둠의 진영입니다! 진은님과 눈류님! 다크 쉐도우와 가면의 기사! 과연 승자는 누구일까요!"

"가면의 기사!!"

"다크 쉐도우!!"

"아냐. 진은님이 계속 1등 했으니 이기실 거야!"

"그래도 눈류님 봐라. 완전 다 추월했잖아!!"

진행자가 긴장을 고조시키는 음악과 함께 뜸을 들이자 관중들은 흥분하며 외쳤다. 그러나 그 와중에도 자신들의 세상에 빠져 있는 커플들이 있었으니…….

"자기, 나에게는 자기가 1등이야."

"아앙, 페르탄……. 나에게도 네가 최고의 남자야……."

"레몬아, 비록 내가 저런 건 못해도 니 사랑하는 건 최고데 이!"

"우리 자기… 자기의 풍만한 젖살만큼 날 아껴줘."

"내가 쬐매 풍만하제? 히히."

그리고 또 다른 염장도 존재했으니…….

"나에겐 우리 동생 리야가 1등이야……."

박하다를 비롯한 일부의 살기와 주변 유저들의 구토가 눈치 보여서 음성 채팅으로 소심한 염장을 떠는 루크였다.

"자, 영상을 봐주십시오!!"

사회자의 말에 모두는 누가 먼저라 할 것 없이 화면을 쳐다봤다.

그러자 먼저 죽인 횟수가 나왔는데 진은이 눈류를 앞섰다.

'힘든가.'

가면 속 눈류의 표정이 초조하게 변했다.

하지만 곧 초조함은 희망으로 탈바꿈했다.

죽은 횟수에서 눈류가 월등히 적었기 때문이었다.

"이번에는 점수입니다!"

곧이어 둘의 죽이고 죽어서 얻고 잃은 점수가 나타났고, 사람들이 빠르게 계산을 하기도 전에 바로 합계 점수가 나왔다.

"우와와!! 행님! 이기셨네예!!"

"아들! 내 아들!! 넌 내 노예다!!"

"오빠!! 상금은 내거!"

"눈류님! 크흑…. 전 눈류님과 알게 되어 영광입니다!!"

눈류는 길드원들의 목소리가 들렸지만 더 이상 부끄러워하지 않은 채 영상을 한참이나 쳐다봤다.

27,900대 28,050!

정말 아슬아슬한 차이로 이겼지만 실감이 나지 않았다.

사실 우승을 포기한 것은 아니었다. 그러나 도저히 확신할 수도 없는 상황이었다.

'됐다!'

눈류는 두 주먹을 불끈 쥐었다.

그러다 시선이 느껴져 고개를 돌려 진은을 쳐다봤다.

아까부터 라스트의 시선도 느껴졌지만 그는 무시하고 있는 상태였다.

"축하합니다."

진은의 짧은 말. 그러나 그의 눈동자는 눈류의 표정을 읽기 바빴고, 눈류 역시 그 사실을 잘 알기에 최대한 표정 관리를 하며 고개를 끄덕였다.

그리곤 무대에서 관중들에게 인사를 한 뒤 자리에서 내려가는 진은.

그때서야 눈류는 안도의 한숨을 내쉬며 고개를 돌려 라일라를 쳐다봤다.

'축하해요…….'

라일라도 눈류를 쳐다보며 눈빛으로 말하고 있었는데, 눈류는 웃으며 고개를 끄덕임으로 대답을 대신했다.

"그럼 이제 수상을 하겠습니다! 수상에는 현 운영자 분 중 한 분이신 카르미안님이십니다!"

사회자의 말에 눈류의 인상이 살짝 찌푸려졌다.

왜 하필 운영자가 수상을 한다는 말인가! 그것도 생각만 하면 분통 터지는 카르미안이!

"먼저 두 분, 축하드립니다."

"감사합니다."

"고맙습니다……."

카르미안은 싱글벙글 웃으며 말을 했지만 눈류는 떨떠름한 미소와 함께 억지로 대답했다.

"오랜만에 뵙는데 반갑지 않으신가요?"

카르미안이 얼굴을 불쑥 내밀며 물었다.

"하, 하하. 그럴 리가요."

웃음과 함께 고개를 저으며 대답하는 눈류. 그러나 눈은 웃고 있지 않았고, 카르미안 역시 마찬가지로 눈은 진지한 채 음성 채팅으로 말했다.

"상품… 제가 먹어버릴 수도 있어요."

"……."

눈류는 멍하니 카르미안을 쳐다봤다.

일단 이전에 대회를 했던 때와는 달리 음성 채팅이 된다는 사실은 아무런 관심이 없었다. 그런데 운영자라는 사람이 저런 치사한 협박을 하다니!

물론 말뿐이라는 것은 잘 알지만, 급 해맑아진 눈류였다.

저런 장로 루운과 같은 인간을 잘 알기 때문! 적으로 두면 피곤해진다!

"하하. 정말 보고 싶었습니다. 꿈에서도 나오시더군요!"

수많은 사기를 친 눈류가 거짓된 표정을 지으며 과찬을 하자 카르미안은 여전히 웃으며 대답했다.

"죄송하지만 남자의 사랑은 사절입니다."

'뭐… 저런…….'

가면 속 이마에 핏대가 돋았지만 눈류는 웃음만은 지우지 않았다.

상품을 받지 않았기에 발휘되는 초인적인 정신력!!

"네. 그럼 상품을 전달하기 전 가장 높은 점수를 획득하신 라스트님에게 선택할 수 있는 기회를 드리겠습니다. 보시다시피 두 개의 영상이 있습니다. 어느 쪽을 원하십니까?"

카르미안의 말에 눈류는 두근거리는 심정을 느꼈다.

원래 계획대로라면 자신이 가장 높은 점수를 획득해서 지도 조각이라 추정되는 아이템을 선택하려고 했다. 그런데 우선 기회가 라스트에게 넘어가다니.

"흐음."

라스트는 고민에 빠진 듯 쉽사리 고르지 못했다.

하나는 라르크와 사람, 그리고 검이 보였고, 다른 하나는 라르크와 사람, 종이 조각이 보였다.

딱 보기에는 검을 선택하고 싶었다. 그러나 이런 대회의 보상인데 종이 조각도 뭔가 특별할 것이라 판단되었다.

힐끔.

라스트의 시선이 바로 곁에 있는 눈류를 향했다.

그러자 눈류는 딴청을 피우며 괜히 하늘만 쳐다봤다.

혹시나 자신의 속마음이 보일까 봐 애초에 외면하는 것이었다.

"첫 번째를 택하겠습니다."

'예쓰!!'

라스트의 결정에 눈류는 속으로 미친 듯이 웃었지만 얼굴은 무표정을 고수했다. 그러나 속사정을 모르는 레전드 길드원들은 달랐다. 그들이 봤을 때는 검이 비싸 보였기 때문이다.

"모든 것이 결정되었으니 이제 상품을 전달하겠습니다! 먼저 두 분에게는 오백만 라르크가 지급됩니다."

'크큭, 크크큭!!'

눈류는 꿈틀거리는 얼굴 근육을 관리하기 위해 노력했다.

공짜 돈이나 템이 생기면 자연적으로 발동되는 짐승 모드!

참아야 했다, 참아야 했다! 이전처럼 모든 유저들이 보고 TV에까지 방영되는 이 순간 개쪽을 팔 수 없었다!

"그리고 두 번째는 두 분이 속해 계신 각 국의 황제 폐하를 만날 영광을 드립니다."

"우와아!! 정말 황제였어!"

"이야, 도대체 황제를 만나면 어떤 특혜가 생길까?"

"아! 나도 죽어라 하는 것인데! 황제의 퀘스트를 받고 싶다!"

카르미안의 발표에 많은 이들이 웅성거렸다.

황제를 만난다는 것! 지금까지 존재한 적 없는 보상이었다.

"마지막 세 번째 보상은 두 분이 다릅니다. 먼저 라스트님에게는 A급의 고급 무기를 드립니다."

'컥! A급의 고급 무기!!'

눈류는 흔들리는 눈동자로 라스트에게 건네지는 검을 바라봤다.

A급의 고급 무기면 가격만 해도 어마어마한 수준!!

"그리고 눈류님에게는 의문의 지도 조각을 드립니다."

'역시…….'

눈류는 자신의 예상이 맞았다는 것을 확인하며 세 번째 지도 조각을 손에 쥐었다.

"지도 조각은 아직 알려지지 않은 것으로, 4장을 모두 모아야 보물이 묻힌 위치를 알 수 있습니다."

카르미안이 재차 설명을 하자 유저들은 좋다! 나쁘다! 의견이 나눠졌다.

"그럼 두 분 재차 축하드리며, 각 국의 황제 폐하는 일주일 뒤에 뵐 수 있습니다. 따로 연락이 갈 것입니다."

"잠깐만요."

카르미안이 막 마지막 말을 하고 돌아서려는 순간, 라스트가 갑자기 말을 끊었고 눈류는 의아한 눈으로 그를 쳐다봤다.

"무슨 일이지요?"

"개인적인 부탁이 있습니다."

"어떤……?"

라스트는 눈류를 쳐다보며 입가에 연한 미소를 지었다.

"최강이라 불리는 가면의 기사! 눈류님과 만나게 되었는데 한번 힘을 겨뤄보고 싶습니다."

"우와! 라스트와 눈류의 대결?"

"이거 새로운 볼거리인데?"

"그런데 레벨 차이가 너무 나지 않아?"

라스트의 발언은 눈류를 배려하지 않은 폭탄 발언이었다.

눈류는 실소를 흘렸다. 라스트의 속마음이 너무나 잘 보였다.

분명 라일라 앞에서 자신을 처참하게 쓰러뜨리고 싶은 것이다.

"으음……."

카르미안은 자신의 턱을 매만지며 잠시 생각에 빠져 들었다.

원래는 있을 수 없는 일이지만 둘이 붙는다면 너무 재미있을 것 같았다. 그런데 막상 일을 벌이자니 후환이 두려웠다.

"눈류님의 생각은 어떠십니까?"

카르미안은 '에라, 모르겠다!' 라는 심정으로 일단 눈류에게 의중을 물었다.

"거절합니다."

눈류는 단칼에 라스트의 제안을 딱 잘라 거절해 버렸다.

그러자 일부 관중들이 '우우!' 거리는 야유를 보내기도 했다.

"가면의 기사는 겁쟁이었군……."

라스트까지 은근히 비웃음을 섞어 도발했다.

순간 속에서 무엇인가가 꿈틀거렸지만 눈류는 웃음을 유지한 채 말문을 열었다.

그런 눈류의 모습과 말은 영상을 통해 모든 관중들이 보고 들을 수 있었다.

"제가 겁쟁이인지, 라스트님이 치졸한 것인지 모르겠습니다."

"뭐라고?"

"저의 레벨은 이제 200초반입니다. 그런데 라스트님은 4차 전직을 마친 현 랭킹 1위 분이 아니십니까? 그걸 알면서도 대결을 신청하시는 의도가 무엇인지 물어봐도 될까요? 저희 둘의 싸움은 레벨 100이 되어 2차 전직을 마친 유저가 이제 갓 레벨 1이 된 유저에게 대결을 신청하는 것과 다름없습니다."

라스트는 화가 난 얼굴이 되었지만 뭐라고 변명하지 못했다.

단순히 라일라 앞에서 눈류를 망신시키겠다는 생각뿐이었기에 미처 레벨 차이를 계산하지 못했다.

그렇다고 이제와 레벨을 몰랐다고도 할 수 없는 노릇이었다. 조금 전 각 유저의 정보를 공개할 때 레벨까지 함께 나왔기 때문이다.

"다만 라스트님께서 저와의 대결을 원하시니 한 가지 약속 드리겠습니다. 여기에 계신 모든 분들이 증인이 되어주시기를 바랍니다. 제가 레벨 300이 되고 4차 전직을 한다면, 라스트님과 레벨 차이가 얼마나 나든 대결을 하겠습니다. 그럼 되겠습니까?"

꽤 오랜 시간이 걸릴 것이었다.

그러나 오늘의 말들은 그 시간 동안 잊혀지지 않을 것이기에 눈류는 자신있게 말했다.

그러자 관중들은 환호와 함께 자신들이 증인이라 외쳤고, 카르미안 역시 동의했다.

'잘됐어.'

눈류는 어쩌면 큰 힘이 될 수 있는 레전드를 적으로 만들었지만 후회하지 않았다.

가장 먼저 라일라가 싫어하는 사람이었으며, 저런 인격이라면 곁에 둘 마음도 없었다. 그리고 갚아줘야 될 것도 있었다.

"기다리십시오. 그날… 첫 번째로 베어드릴 테니."

눈류는 그 말과 함께 무대에서 내려왔다.

여러 가지 의미가 담겨 있었지만 그 뜻을 알아차리는 이는 레전드 길드원 중 몇 뿐이었고, 그런 눈류를 대회장에 남아 지켜보던 진은은 곧 자리를 떠났다.

성향 대결의 결과와 눈류와 라스트가 나눈 대화는 많은 화제를 남기며 게시판을 떠들썩하게 만들었다. 하지만 정작 당사자인 눈류는 로그아웃해 운동한 뒤 재차 잠에 빠져 들었다.

성향 대결이 끝나면서 잠을 잤지만 그동안 잘 못 잔 터라 상당히 피곤했던 것이다.

"여보세요⋯⋯?"

잠에 든 지 2시간 정도가 지났을 때 진하는 울리는 벨소리에 까칠한 음성을 담아 전화를 받았다.

"진하 씨! 저 박진우입니다!"

그런데 뜬금없이 GOGO 라스트 월드의 PD 박진우였다.

"네. 무슨 일이시죠?"

"아, 잠깐 뵐 수 있을까 해서요. 오늘 단골 고기 집인 '오셨쎄예'에 왔는데 갈비살 좋은 놈이 들어왔다고 해서⋯⋯."

"알겠습니다. 어디로 가면 되죠?"

진하는 전화를 끊으며 잠시 머리를 긁적였다.

박진우가 보자 하는 이유가 예상되었기 때문이다.

분명 오늘 발표장에서 생긴 일 때문에 자신을 설득하려는 것!

현재 자신은 3차 전직 이후의 동영상을 스스로 원하는 시기까지 주지 않기로 계약한 상태였다.

'뭐, 고기만 먹고 오지.'

진하는 가볍게 세수를 하고 옷을 차려 입은 뒤, 박진우가 기다리는 고기 집으로 향했다.

절대 박진우가 있는 곳이 비싸고 맛 좋기로 유명한 곳이라서 가는 것이… 맞다.

"진하 씨! 여기입니다!"

고기 집에 도착하자 입구에 나와 있던 박진우가 밝은 표정으로 손을 흔들며 진하를 방으로 안내했다. 그런데 들어가는 순간 진하의 얼굴이 찌푸려졌다.

자신보다 어려 보이는 한 여자가 서 있었기 때문이다.

"다른 분이 계시다는 말은 없었던 것으로 아는데요?"

진하의 어투에서 기분이 좋지 않다는 것을 파악한 박진우는 황급히 사정을 설명했다.

"사실 진하 씨를 오늘 부른 이유가 제 딸 때문입니다. 저 아이가 제 딸 초아인데 하도 진하 씨를 만나 뵙고 싶다 해서……."

진하는 한숨이 새어 나왔지만 일단 자리에 앉았다.

자신보다 나이가 훨씬 많은 박진우를 난처한 상황에 계속 두는 것은 아니라는 생각 때문이었고, 아버지의 심정이 이해가 갔다. 자식이 계속 부탁한다면 아무리 힘들어도 들어주는 것이 부모였으니.

물론 자신의 아버지는 제외였다.

"안녕하세요. 초아라고 해요."

"네. 진하라고 합니다."

"어멋! 눈류님과 손잡았다. 헤헤."

진하는 속으로 실소를 흘렸다.

초아라는 여자는 160㎝ 정도 되는 키에 귀엽게 생긴 스타일이었는데 마치 자신을 연예인 보듯 했다.

"가면의 기사님과 꼭 한번 뵙고 싶어서 조른 것이니 너무 아버지 미워 마세요."

초아는 내심 신경이 쓰였던지 진하를 향해 애교 섞인 목소리로 말했지만, 진하는 갈비살에 정신이 팔려 초롱초롱한 눈으로 고기를 주시할 뿐이었다.

"하하. 배가 많이 고프신 듯합니다. 어서 먹죠."

"그, 그러죠."

진하는 입에서 흐르는 침을 닦으며 박진우의 말에 어색하게 웃었다.

좋은 육질의 소고기만 보면 참을 수 없는 침 본능!!

자신이 예전에 개그맨 겸 MC로 유명했던 거성이 아님에도 불구하고 쉽게 고쳐지지 않았다.

'이러다 머리에 흑채까지 뿌려야 하는 것 아냐?'

진하는 혼자 쓸데없는 생각을 하다 자신은 머리숱이 많다는 것을 깨달으며 안심했고, 잘 익은 고기를 한 점 입에 넣었다.

사르르륵.

말 그대로 녹는 천상의 맛!

"그런데 부탁이 뭐죠?"

배를 꽤 많이 불린 다음에서야 진하는 쉽게 본론을 꺼내지 못하는 둘을 향해 물었다. 갈비살을 먹어 기분도 좋기에 자신이 들어줄 수 있는 것이라면 들어줄 생각이었다.

"아, 제 개인적인 부탁인데요……."

"네."

"퀘스트를 함께해 주셨으면 해요."

"퀘스트요?"

진하는 예상치 못한 말에 되물었다.

"네. 비밀 퀘스트를 받게 되었는데 동료를 한 명만 구할 수 있어요. 그런데 난이도가 높은 듯해서… 진하 씨는 강하잖아요. 헤헤."

"으음……."

도와주지 못할 일은 없지만 시간이 오래 걸리면 낭패였다. 자신은 일주일 뒤에 크로아 왕국의 황제도 만나야 하지 않은가.

"기간은 얼마나 예상하시나요?"

"하루면 충분해요!"

"그렇군요."

"아참, 퀘스트 보상도 두 개예요."

"두 개요?"

진하는 호기심이 팍팍 일어났다.

초아의 말은 자신도 퀘스트 보상을 받게 된다는 것!

"네. 펫을 강제로 각성시킬 수 있는 약초예요."

"펫을 강제로?"

이제는 호기심을 넘어 과도한 관심을 보이는 진하.

펫은 각성까지가 너무나 어려웠다. 그 정도로 경험치가 잘 오르지 않았으며, 사냥하다 죽는 경우도 많았다. 그런데 그런 펫을 한 번에 각성시키다니? 아직까지 들어본 적이 없는 아이템이었다.

"좋습니다. 같이하도록 하죠."

시간도 하루밖에 걸리지 않고 희귀 아이템을 얻게 되는데 망설일 이유가 없었다.

"정말요?"

초아는 진심으로 기뻐했다.

사실 아는 사람들 중에서 함께해도 됐지만 가면의 기사를 꼭 만나 함께 사냥하고 싶었다. 그런데 드디어 그 바람이 이루어진 것이다.

"대신 저도 부탁이 있습니다."

"뭔데요?"

"PD님에게는 말씀드렸지만 개인적인 사정으로 3차 이후의 모습은 아직 공개하지 않고 있습니다. 그래서 동영상 촬영은 상관없지만, 제가 3차 이후의 모습도 공개하도록 계약을 하기 전까지는 그 동영상은 절대 방송국에 넘기시면 안 되며 본인 소장만 하셔야 됩니다. 만약 방송국에서 나오거나 그 동영상이 퍼진다면, 저는 저에게 소개해 주신 PD님에게 책임을 물어 LBN 방송국과의 계약을 파기하겠습니다."

진하의 말에 초아는 잠시 생각에 잠긴 듯했다가 박진우를 쳐다봤다. 그 모습에 박진우는 어쩔 수 없다는 듯 고개를 끄덕였고, 초아 역시 동의했다.

"무례한 부탁이지만 들어주셔서 감사합니다."

진하는 웃는 얼굴로 살짝 고개를 숙여 고마움을 표시했다.

사실 자신의 존재가 현재는 방송국들에 필요하기에 강하게 나선 것이었지만 어떻게 보면 도를 지나친 것처럼 보일 수도 있었다.

그러나 둘은 웃는 얼굴로 이해해 주었고, 진하는 밖으로 나오기 전 만약을 대비해 박진우에게 계약서까지 작성해 달라고 하였다.

그러자 진하가 택시를 타고 떠난 자리를 멍하니 바라보던 박진우는 웃음을 터뜨리며 독하다는 말을 중얼거렸다.

재익은 정화를 만나기 위해 차를 타고 내려와 약속 장소인 고기 집에서 소주를 먼저 시켜놓고 혼자 마시고 있었다.

그런 재익의 얼굴은 그리움으로 가득 차 있었는데 그 대상은 오늘 만나기로 한 정화가 아니었다.

"오빠!"

그때 가게의 문이 열리며 하얀색 옷으로 예쁘장하게 차려입은 정화가 나타났다.

살짝 볼륨감 있는 몸매와 귀여운 얼굴은 게임 속 아린과 비교해도 뒤처지지 않을 정도로 예뻤고, 자신이 전에 만났을 때 한 말로 인해 무릎 아래 길이의 치마를 입고 온 모습을 보자 웃음이 나왔다.

"어. 왔어?"

"응. 갑자기 찾아오고 그래요? 무슨 일 있어요?"

"왜? 싫어?"

"아니, 그런 것은 아니고……."

재익의 말에 정화는 고개를 급히 저으며 얼굴을 붉혔다.

마음속에서 사랑이라는 것이 생기고 난 후, 이렇게 눈만 마주쳐도 얼굴이 술에 취한 듯 빨개졌다.

"한잔해."

고기가 나오자 재익은 정화의 술잔에 술을 채워주었다. 그러자 평소 술을 잘 못 마시지만 정화는 웃는 얼굴로 소주를 원샷 했다.

그렇게 한 잔, 두 잔… 잔이 늘어가자 재익의 얼굴도 점점 타오르기 시작했고, 정화는 몸을 추스르기 힘들 정도가 되었다.

"뭔 일 있죠?"

정화가 술에 취해 반쯤 감긴 눈으로 물었다.

몇 번밖에 만나지 않았지만 오자마자 이렇게 술을 마시는 경우는 단 한 번도 없었다.

"그냥, 답답해서."

재익의 입가에 쓸쓸한 미소가 스쳐 지나갔다.

다른 여자를 생각하며 나온 것이지만 정화는 그것도 모른 채 진심으로 걱정을 담아 말했다.

"나 있잖아요… 힘들면 나한테 기대요……. 저는 괜찮으니까……."

정화는 곧 비틀거리며 재익의 어깨에 몸을 기댔다. 잠시 고민하던 재익은 정화와 함께 가게에서 빠져나와 모텔로 향했다.

"괜찮니?"

입구에 선 재익이 찬 공기를 마시자 살짝 정신을 차린 정화를 향해 묻자 정화는 씁쓸한 표정으로 되물었다.

"저, 사랑하세요?"

재익은 대답하지 않았다.

"제 곁에 있어주실 거예요……?"

이번에도 마찬가지였다.

"알아요… 오빠, 여자 많다는 것… 오빠 같은 사람이 여자가 없으면 이상하죠……. 그리고 저는 단지 하룻밤이라는 것도 잘 알아요. 그런데, 그런데 나 그래도 오빠 좋아해요……. 오빠라면 다 괜찮아요. 바보 같은데, 이런 제가 정말 바보 같은데… 저 괜찮아요……."

재익은 그런 정화의 울먹거리는 속삭임에 대답을 하지 않은 채 모텔 안으로 들어갔다. 그런 재익의 입에서는 쓴웃음이 나왔다.

언제나 자신이 나쁜 사람이라고 생각했다.

특히 여자에게 있어서는 절대 좋은 놈이 아니었다.

그런데 그 모든 것을 알면서도, 안 된다는 것도 알면서도…
단지 자신이 괴롭다고 사랑하는 마음을 이용해 하룻밤을 보내
려고 한다.

그것도 자신의 마음을 가져간 여자를 생각하면서…….

'나는 죽으면 꼭 지옥에 가겠군.'

재익과 정화는 곧 입구에서 모습을 감췄다.

초아와 만난 저녁, 눈류는 라스트 월드에 접속해 그녀를 다
시 만나게 되었다.

그녀의 아이디는 러브였고 직업은 마법사에 하늘색 머리카
락과 눈동자가 예쁜 달걀형 미인이었는데, 이마의 문신과 어
깨에 착용된 망토로 레벨 200이 넘었다는 것을 알 수 있었다.

"어디로 가면 되죠?"

진하는 러브를 만나기 위해 사용한 텔레포트 비용이 무척이
나! 아까웠지만 퀘스트의 보상만을 생각하며 자상하게 물었
다.

"음, 깊은 숲에 가야 해요."

"네. 깊은 숲… 컥! 뭐라고요?"

"깊은 숲에 가야 한다고요."

재차 설명해 주는 친절한 러브 씨.

눈류는 한숨을 내쉬며 이마를 부여잡았다.

깊은 숲은 현재 자신이 와 있는 발키리 왕국에 위치한 숲이 었는데, 숲이 얼마나 깊은지 한 번 들어가면 헤어 나오기가 힘들 정도라 붙여진 이름이었다.

"하루 정도 걸리신다고 하지 않으셨나요?"

"헤헤. 걱정 마세요! 저에게는 지도가 있거든요!"

눈류는 그나마 희망을 찾으며 지도를 받아 펼쳤다.

"참 찾기 쉽겠군요……."

눈류는 어이없다는 투로 러브를 향해 말했다.

세상에! 지도에 그려진 것이라고는 숲이랑 푸른빛의 폭포뿐이었다!

도대체 이 지도만 보고 어떻게 찾는다는 말인가?

"아이 참, 저를 좀 믿어보세요. 전에 깊은 숲에 간 적이 있는데, 그때 이 폭포를 봤었어요. 그래서 찾을 수 있어요."

"아… 그렇군요. 알겠습니다."

눈류는 그때서야 안심을 하며 고개를 끄덕였고, 깊은 숲 입구로 텔레포트한 뒤 산을 오르기 시작했다.

5시간 뒤…….

"길 아시는 것 맞습니까……?"

눈류는 가자미 눈동자에 의심을 가득 담아 물었다.

분명 세 시간이면 도착한다 해놓고서는 벌써 5시간째 어디인지도 모르는 험난한 숲 속을 헤매고 있었다. 그러자 러브는 고운 미간을 찌푸리며 중얼거렸다.

"이상하다… 분명 여기가 맞는데……."

러브는 울상이 되어 훌쩍거리기 시작했고, 눈류는 당황하며 그런 러브를 달래야 했다.

"괘, 괜찮아요. 언젠가는 찾겠죠."

"그렇겠죠?!"

눈류의 위로에 다시 희망을 찾은 러브의 얼굴.

눈류는 차마 아니라고는 하지 못한 채 애써 고개를 끄덕여야 했다. 물론 속마음은 다르지만.

'언젠가는 찾겠죠…….'

시간은 자꾸 흘러갔다.

그동안 눈류와 러브는 표시를 해놓았던 곳에 다시 도착하기도 했고, 몬스터들의 습격도 여러 번 받았다. 그리고 이틀째가 되자 눈류는 러브의 눈물 때문에 참고 참으며 말하지 못했던 불만을 터뜨렸다.

세상에! 이틀 동안 길을 못 찾아 헤매다니!

"길 모르시죠……?"

"……."

"모르시는데 뭐……."

"……."

"아, 모를 거야. 그러니 이러고 있지……."

진하는 힐끔 러브를 쳐다봤다.

그러자 역시나였다. 러브는 자신이 말할 때마다 눈가에 눈물이 고였다.

'아, 피곤해.'

여자의 눈물에 약한 눈류였기에 독한 마음을 먹고 투정을 부린 것이지만 결국 다시 그녀를 달래기 시작했다.

"일단 배라도 채우고 다시 가요."

그나마 러브가 요리는 잘했기에 눈류는 기대 어린 목소리로 말하며 나무에 몸을 기댔고, 러브 역시 그런 눈류의 마음을 아는지 밝은 표정으로 열심히 음식을 만들기 시작했다.

보글보글, 치이익.

스프가 끓고 고기가 맛있게 구워지자 눈류는 침을 꿀걱 삼켰다.

매번 맛없는 빵으로 피로도와 배고픔만 회복했기에 간혹 다른 유저들과 파티를 할 때 먹는 음식은 천상의 맛이었기 때문이다.

물론 일리아나 리야, 월하가 만든 요리는 제외였다.

바스락, 바스락.

눈류는 막 스프를 입에 넣으려다가 기척을 느끼곤 고개를 돌렸다. 그때 풀숲 사이에서 황금빛의 무엇인가가 반짝거렸다.

'컥!! 설마!'

눈류의 두 눈동자가 빛났다.

깊은 숲 말고도 간혹 출현하는 레이라는 몬스터가 존재했다.

생긴 것은 족제비와 비슷한데 온몸이 황금색이었고 속도가 엄청나다.

그리고 정말 운이 좋아야 볼 수 있다고 할 만큼 찾아보기 힘든 몬스터였다.

'분명 레이는 완템을 준다!'

그렇게 찾기도, 잡기도 힘들어서인지 레이는 잡으면 열에 여덟은 완템을 준다 할 만큼 좋은 아이템을 드랍하기로 알려져 있었다.

"완템! 커억!!"

눈류는 레이를 잡아야 한다는 다급함과 배고픔을 채워야 한다는 생각에 스프를 한 입에 삼킨 후 뛰어가려다가 뜨거움에 목을 잡고 바닥을 뒹굴었다.

그러다 레이가 그때까지 시야에 미치는 곳에 있다는 것을 확인한 후 황급히 그림자 조각을 발휘했다.

사사사삭!!

눈류와 레이의 추격전이 시작되었다.

문득 눈류는 러브를 혼자 두고 왔다는 생각에 레이를 추격하면서 음성 채팅을 시도했다.

"러브님."

"네."

"그 자리에 계세요. 레이를 잡고 갈 테니."

"저 뒤에 있는데요?"

눈류는 영문을 알 수 없는 말에 고개를 돌렸다가 헛기침을 삼켰다.

세상에! 자신의 그림자 조각을 따라오고 있었다! 그것도 월하처럼 추적 장치를 걸고 블링크를 하는 것이 아닌 달려서 말이다!

"저기 직업이……."

달리는 속도로 인해 여전히 음성 채팅을 한 상태로 물어보는 눈류.

"제가 좀 특이해요. 속도에 극화된 보조 마법이 있는… 잘 도망치는 마법사예요."

"그, 그렇군요."

눈류는 의문이 풀리자 다시 레이에 집중하며 마나 포션을 흡수했다.

소문대로 레이는 정말 빨랐다. 자신의 그림자 조각도 거리를 좁히지 못할 정도였으니 다른 유저가 잡는 것은 대단히 어렵다고 봐야 했다.

'맞다!'

그러다 러브의 속도 마법을 생각한 눈류는 황급히 부탁했다.

"저에게 그 마법을 시전해 주세요. 그러면 잡을 수 있을 것 같네요."

"저기… 이 마법은 저에게만 걸어지는……."

"아, 네……."

온몸에 밀려오는 허탈감!

눈류는 실소를 흘리며 검에 마나를 끌어올렸다.

"더블 소울!!"

십자 형태의 마나가 레이를 노리며 득달같이 달려들었다.

그러나 어렵지 않게 피하는 레이.

'결국 무한정 따라갈 수밖에 없나?'

하지만 눈류에게도 복이 존재했으니, 레이가 지쳤는지 속도가 줄어들기 시작했다. 그러자 눈류는 마나 포션을 더욱 흡수하며 쉬지 않고 그림자 조각을 발휘했고, 결국 잠시 뒤 레이를 잡을 수 있었다.

─6,700 라르크를 습득하셨습니다.

눈류는 비틀거리는 신형으로 자신이 쓴 마나 포션이 몇 개인지 확인했다.

세상에! 그 대박 아이템을 준다는 레이가 포션 값도 안 되는 라르크만 주고 사라지다니!!

"크흑!!"

서러움에 눈물이 터져 나오려는 것을 겨우 참는 눈류.

그때 러브가 떨리는 손길로 눈류의 어깨를 치더니 말을 더듬거렸다.

"누, 눈류님…….."

"네? 으읍."

"저, 저기 좀."

눈류는 새어 나오려는 흐느낌으로 인해 입을 한 손으로 틀어막은 채 러브가 손가락으로 가리키는 곳을 바라봤다. 그리고 입을 쩌억! 벌리고 말았다.

그곳에는 그토록 찾아 헤맸던 푸른 빛깔의 폭포가 있었다.

레이는 비록 아이템은 주지 않았지만 그보다 더 큰 대박인 길을 안내해 준 꼴이 되었다.

"맞아요. 저 폭포 밑에 동굴도 있잖아요!"

희열에 찬 목소리로 지도와 폭포를 번갈아 보며 소리치는 러브.

눈류 역시 밝은 얼굴로 고개를 끄덕였고, 둘은 곧 물을 건너 폭포의 물줄기 안쪽에 위치한 좁은 동굴로 들어갔다.

동굴 입구는 생각보다 좁았다.

눈류가 엎드려서 기어가야 할 정도!

그래서 둘은 어쩔 수 없이 기어가기로 했는데, 눈류가 앞장 서겠다고 했음에도 불구하고 러브가 앞장섰다. 자신의 퀘스트 를 도와주는데 위험할 수 있는 선두 자리는 자기가 가겠다는 의지였다.

그러나 바로 뒤에서 러브의 로브가 딱 달라붙은 엉덩이를 보며 가는 눈류는 민망스러웠고, 결국 고개를 푸욱 숙인 채 따 라갔다.

그렇게 얼마나 걸었을까…….

눈류의 귀로 이상한 소리가 감지되었다.

뿌우웅.

"……."

눈류는 말없이 코를 감싸 안았다.

—방귀로 인해 생명이 100 줄어듭니다.

얼마나 지독했으면 생명이 깎여 버렸다!

"죄, 죄송해요······. 제 괄약근이 좀 예민해서 긴장만 하면······."

"괘, 괜찮습니다."

러브의 단어 표현력에 눈류는 실소를 흘리며 길을 재촉했고, 잠시 후 둘은 넓게 트인 곳에 도착할 수 있었다.

"자는 것 같습니다."

눈류가 작은 목소리로 속삭였다.

넓어진 동굴 안에는 붉은색의 레이가 잠들어 있었는데, 그 곁에 푸른 빛깔이 흐르는 풀이 두 개 있었다.

"정보······."

아주 작은 목소리로 정보를 확인하는 눈류.

[잠자는 레이.]

레벨 300의 보스 몬스터.

평소 깊은 잠에 빠져 있지만 작은 소리에도 민감하다.

한번 깨어나면 잠을 깨운 존재를 잡아먹기 전까지는 절대 자지 않는다.

방어력이 대단히 높으며 공격력도 뛰어나다.

속도는 일반 레이들보다 1.3배 빠른 수준.

정보를 확인한 눈류는 음성 채팅으로 러브에게 아무런 소리를 내지 말라고 경고했다.

300대의 보스 몬스터! 절대 자신과 러브 둘이서 감당할 수 있는 존재가 아니었다.

"제가 가져오겠습니다."

눈류의 음성 채팅에 러브는 고개를 끄덕였고, 눈류는 정신 집중을 한 뒤 마나까지 운용하며 최대한 기척과 소리를 죽인 채 보스 레이에게 접근했다.

다행스럽게도 풀은 레이에게 붙어 있지 않고 조금 떨어져 있었다.

바들바들…….

풀을 잡은 눈류의 두 손이 떨렸다.

조금이라도 실수를 한다면 퀘스트는 실패이고, 자신들은 죽는다!

이마에서 식은땀까지 맺힌 눈류는 모든 정성과 노력을 다해 풀 두 개를 조심스럽게 뽑았다.

그리고 러브를 향해 윙크를 한 번 한 뒤 조심스럽게 발을 움직이려는 순간이었다.

뿌우웅…….

움찔!

'커어억!!'

눈류는 레이의 꼬리가 살짝 움직이자 자신도 모르게 움직임을 멈추며 러브를 쳐다봤다.

"또 뀌면 저희 죽어요…….."

음성 채팅으로 부탁과 협박이 섞인 말까지 하는 눈류!

살금, 살금.

러브가 예민한 괄약근에 힘을 꽉 주겠다고 맹세까지 하자 눈류는 재차 움직였다.

그러나… 신은, 아니… 괄약근은 눈류를 버렸다.

뿌우웅…….

움찔, 움찔!

뿌드드드득!

차라리 똥을 싼다 해도 이보다는 소리가 아름다울 것이다.

눈류는 가자미 눈동자가 되어 러브를 쳐다봤다.

러브는 울상이 된 채 자신의 엉덩이를 때리고 있었다.

나름 자책하는 모드!

하지만 눈류에게는 그걸 감상할 여유조차 없었으니… 바로 뒤에서 느껴지는 기척 때문이었다.

"젠장, 일단 튀세요!"

눈류의 외침에 러브는 황급히 좁은 길을 따라 들어갔고, 눈류 역시 뒤따랐다. 그러면서 눈류는 검을 소환해 자신이 지나온 뒤를 계속 강타했다.

콰콰쾅! 콰콰쾅!!

사물에 부딪치자 높은 확률로 검폭이 발휘되었다. 그래서 따라오던 레이의 속도가 자연적으로 느려졌고, 곧 밖으로 나온 눈류와 러브는 모든 힘을 다해 뛰었다.

타타타타탁!!

'컥! 더럽게 빨라!!'

눈류는 조금씩 좁혀지는 레이와의 거리를 확인하며 원망스러운 눈길로 러브의 엉덩이를 노려봤다.

뿌르릉… 뽀로롱.

그때까지도 그녀의 괄약근은 바이브레이션을 떨고 있었다.

타타타탁!!

'어떻게 하지?'

눈류는 일단 푸른빛의 풀을 인벤토리에 넣었고, 이제 자신들을 거의 따라잡은 레이를 확인하며 불안감을 느꼈다.

퀘스트가 끝났는지 안 끝났는지 모르기 때문이다.

그 순간, 열심히 도망을 치던 러브가 굳은 결심을 한 표정으로 눈류에게 음성 채팅을 했다.

"제가 희생할게요."

"네?"

눈류는 당황스러웠다.

물론, 그녀의 괄약근이 진정 미웠다.

하지만 그렇다고 여자를 레이의 먹이로 줄 수는 없는 법!

"그런 말 하지……."

하나, 눈류의 말은 끝까지 이어지지 못했다.

슬픈 표정으로 외치며 손에 마법을 발휘하는 러브 때문이었다.

"제가 희생해서 나쁜 사람이 될 테니 꼭 살아 오셔야 해요!!"

스파아아아앗!!

"……"

눈류는 삶의 허무함을 깨달은 듯한 초월자의 미소를 지으며 자신의 배를 바라봤다.

그곳에는 참 고마운 희생을 하시는 러브가 발휘한 빙계 마법이 닿아 있었다.

콰지지지직!!

몸의 일부가 얼어붙으며 자연적으로 속도가 느려진 눈류!

눈류를 울 듯한 표정으로 바라보며 자신의 위대한 희생에 감격하는 러브!

그런 눈류를 따라잡아 앞발을 치켜 올린 레이…….

—사망하셨습니다.

잠시 후… 깊은 숲 근처 마을에 있던 유저들은 볼 수 있었다.

괄약근을 외치며 하염없이 달리는 눈류를…….

Part 9
류화의 각성!

The Knight of Mask

"저는 눈류님을 믿었어요."

"아, 그러셨어요……?"

"그럼요! 역시 제가 희생하기를 잘했어요!"

뻔뻔한 얼굴로 말하는 러브로 인해 웃는 눈류의 얼굴이 덜덜 떨리기 시작했다.

그러나 상대는 여자! 화가 나도 여자에게 화풀이를 할 수 없기에 참을 수밖에 없었다.

"그리고 퀘스트도 성공했어요. 헤헤!"

눈류는 고개를 끄덕였다.

한참이나 괄약근을 외치며 뛰다 보니 문득 퀘스트 성공 여부가 궁금해져 인벤토리를 열어봤다. 그곳에는 푸른빛의 약초가 무사히 존재했다.

"레이한테서 도망칠 때 퀘스트를 완수했다고 뜨더라고요. 혹시 뭐 하셨어요?"

눈류는 러브의 말에 잠시 고개를 갸웃거렸다.

그러다 일단 인벤토리에 넣었던 행동이 떠올랐다.

'그것이… 완수의 길이었군.'

눈류는 웃음을 흘리며 설명했고, 곧 러브와 함께 인적이 드문 근처 숲 속을 향해 걸었다. 이제 펫을 각성시키기 위함이었다.

"정보."

[펫 각성제.]

강제적으로 펫을 각성시키는 신비의 약초.

경험치 습득을 통한 각성과 차이가 존재하지 않는다.

다만, 각성을 하는 동안 펫은 약간의 고통을 겪는다.

'컥!'

눈류는 마지막 말에 주목했다.

약간의 고통을 겪는다!

강제로 각성시키기에 나타나는 현상이었는데, 평소 애지중지하지는 않았지만 고생을 함께해 온 류화를 생각하자 괜히 안타까운 마음이 생겼다.

'그래도 각성을 하게 되면 새로운 능력이 생겨!'

아직까지 펫이 각성을 한 경우가 존재하지 않아 얼마나 좋은 능력이 생길지는 모르지만, 안 하는 것보다는 나을 것이다. 그리고 최초의 각성이라는 메리트도 존재했으며, 각성까지 기다리자니 너무 시간이 오래 걸렸다.

현재 류화의 경우만 해도 13%의 경험치를 채운 상황이었고, 자신이 레벨 300정도가 되어야 각성을 볼 수 있을 것이었다.

"와아, 펫이 참 어정쩡하네요."

주변에 아무도 없다는 것을 확인한 뒤 류화를 소환하자 러브가 환하게 웃으며 말했고, 애써 칭찬으로 생각한 눈류는 러브의 펫이 소환되자 마찬가지로 미소와 함께 칭찬했다.

"몬스터인가요?"

"어머, 농담도. 히히."

'진담인데……'

마음속 말을 꺼냈다가는 살해당할 것 같은 위협을 느꼈기에 눈류는 러브와 함께 웃으며 몬스터 같은 펫을 주시했다.

그 순간 길게 심호흡을 한 번 한 러브가 자신의 펫에게 신비의 약초를 먹였다.

그러자 펫의 온몸에서 연한 빛이 형성되었는데…….

끼기기기긱!!

"……."

눈류는 재차 약초의 정보를 확인했다.

그리고 러브의 펫을 바라봤다.

"죽어가는데요……."

"괘, 괜찮을 거예요."

분명 정보에는 약간의 고통이라고 했다!

그런데 정작 눈앞에 펼쳐지는 광경은 그것이 아니었다.

러브의 펫은 온몸이 감전된 듯 부르르 떨며 비명을 지르기 시작했고, 잠시 시간이 지나자 도저히 견딜 수 없는지 옆에 있는 돌멩이를 주워 자신의 머리를 내려치기 시작했다.

"자결까지 하려고 하는데요……."

"저, 저는 정보를 믿어요!!"

주르르륵. 주르르륵.

"과다 출혈로 곧 죽을 듯……."

"크윽. 브러야! 브러야!"

돌로 내려치다 혀까지 깨물어 버린 러브의 펫!

그때서야 러브는 눈물 섞인 얼굴로 황급히 자신의 펫을 품에 끌어안았다.

쌔액… 쌔액…….

그러자 브러는 조금 진정되는 듯 숨을 고르기 시작했는데, 너무나 긴장한 탓일까. 그녀의 예민한 괄약근이 강림하셨다.

뽀로롱!!

끼이이이익!!

브러의 신형이 다시 발버둥 치기 시작했다.

유독 후각이 예민한 브러!!

조금 떨어져 있는 류화까지 짧은 앞발로 입을 틀어막으며 구토를 할 정도인데 브러는 어떠할까!!

"약초가 이렇게 고통스러울 줄은!!"

'네 방귀가 치명타야……'

눈류는 괴로워하는 러브에게 차마 진실을 말하지 못한 채 브러를 안타까운 시선으로 계속 주시했다.

스파아아앗!!

그렇게 5분의 시간이 더 지났을 때 브러의 온몸에서 표현할 수 없을 만큼 강렬한 빛이 사방에 발출되었다. 빛의 밝기는 시간이 지날수록 더욱 밝아지다가 순식간에 사라졌는데, 눈을 감고 있던 눈류는 잠시 후 빛이 사라지자 브러를 쳐다봤다.

그리고 자신도 모르게 감탄성을 흘렸다.

그곳에는 조그마하던 몬스터는 온데간데없는 대신 늠름한 존재가 서 있었다.

주황빛으로 이루어진 갑옷 같은 피부에, 드래곤의 얼굴! 양 팔꿈치에는 뾰족한 날이 서 있었고 온몸은 근육으로 이루어져 있었다.

"우와……"

브러를 보며 감탄한 것은 주인인 러브도 마찬가지였는데, 러브는 황급히 새로이 얻게 된 능력을 확인했다.

"공격력이 5% 상승했고, 화염 계열 마법 데미지가 10% 상승했어요! 그리고 브러는 방어력은 낮지만 근력이 500이나 돼요!"

"허억!"

눈류는 근력에서 놀란 표정이 되었다.

자신이 근력에 모든 스텟을 올인하고, 그동안 받은 보상 스텟까지 다 합쳐서 현재 2,333이었다. 그런데 근력이 500이라면 펫의 능력치고는 대단히 높은 편이었다. 더군다나 주인의 능력 향상도 시켜주지 않는가!

'흐흐흐흐. 좋아.'

눈류는 짐승 모드로 돌변하며 류화를 쳐다봤다.

조금 전 걱정하던 마음은 능력 상승과 함께 지워져 버린 상태!

눈류의 광기 어린 눈빛을 마주한 류화는 움찔거리며 몇 걸음 물러섰다.

"죽지는 않으니 걱정하지 마라!"

눈류는 류화의 입에 강제로 약초를 집어넣으려고 했다.

그러나 브러의 모습을 보고 공포에 치를 떨던 류화는 절대 입을 벌리지 않았고, 결국 눈류는 씁쓸한 표정을 짓더니 주변을 둘러보기 시작했다.

정말 이런 방법까지는 쓰고 싶지 않았는데!

키잉! 키잉!

곧 류화의 입에서 신음 소리가 흘러나왔다.

눈류가 작은 돌멩이 두 개를 구해 류화의 콧구멍을 틀어막았기 때문!

그러자 자연적으로 살기 위해 류화는 입을 벌렸고, 그 틈에 눈류가 목을 톡톡 치자 약초를 삼키고 말았다.

자신의 이득을 위해 절정의 잔인함을 보여주는 눈류!

그런 주인을 류화는 원망스런 눈길로 쳐다보다… 곧 느껴지는 고통에 발버둥 쳤다.

키잉! 키잉!!

'미안하다. 미안하다.'

눈류는 뒤늦게 마음 아픈 척을 했다!

그래야 류화가 각성을 한 다음에도 자신의 말을 잘 따를 것 같았다!

그래서 억지로 눈물까지 짜내며 류화의 고통을 바라봤다.

차아아아악!!

새하얀 빛무리가 사방에 넓게 퍼졌다.

눈류는 두 눈을 감은 채 만족스러운 미소를 지었다.

드디어 각성한 류화를 보게 되는 것이다!

"그들이 나를 왜 자꾸 찾는 것이지?"

세라는 공룡을 닮은 몬스터의 목을 마나로 관통한 후 스레이를 향해 되물었다.

아무리 생각해도 그들이 자신을 이렇게 원할 이유가 존재하지 않았다.

물론 자신들 길드에 레전드가 둘이나 속해 있기에 많은 이들이 동맹을 원하기는 했다. 하지만 지금 제의가 온 길드라면 굳이 저자세로 나올 필요가 없을 만큼 막강한 무력을 갖춘 이들이었다.

"나야 잘 모르지. 다만, 너의 힘도 힘이지만 뭔가 다른 목적이 있는 것 같아. 그러니 몇 번이나 거절했음에도 불구하고 이런다는 것은 네가 어떤 이유로든 필요하다는 것이겠지."

"흐음."

세라는 사냥을 멈추고 녹색의 풀밭에 앉아 물로 목을 축였다.

왠지 자신도 볼 수 없는 실이 묘하게 엉키는 기분이 들었다.

"뭐, 그가 직접 찾아오기까지 한다니 한 번 만나는 봐야겠지."

"그래. 편이 되지 못하더라도 적이 되어선 안 되는 상대니."

세라는 고개를 끄덕이며 자리에서 일어섰고, 잠시 후 그들과 약속한 술집에 들어갔다.

"조건이 너무 좋은 것 같은데……."

세라가 의심스러운 말투로 묻자 20대 후반의 한 남자가 미소를 지으며 고개를 저었다.

"현재 길드들의 힘은 전체의 능력도 중요하지만 레전드를 얼마나 보유했냐에 결정되며, 동맹의 능력도 중요합니다. 그런 의미에서 두 분의 레전드가 속해 있는 세라님의 길드는 저희에게 큰 힘이 될 것입니다. 그러니 이 정도 혜택은 당연한 것이죠. 더군다나 세라님의 길드는 훗날이 더 기대되기도 하고요."

"그렇다면 레전드 길드에도 제안을 했습니까?"

세라의 물음에 남자의 표정이 살짝 변했지만 그는 내색하지 않으며 대답했다.

"레전드 길드에는 아직 제안을 하지 않았습니다. 저희가 비록 상위에 있는 길드라 하지만 동맹의 수에는 한계가 존재하는 법이니. 사실 가면의 기사인 눈류님도 탐이 났기에 저희도 많은 고민을 했습니다. 그러나 레전드라 해서 일당백이 아니고, 한 분보다는 두 분이 낫기에 저희는 세라님을 선택한 것입니다."

세라는 속으로 실소를 흘렸다.

무엇인가가 와 닿지 않았기 때문이다.

그러나 굴러온 기회를 놓칠 이유가 존재하지 않았고, 결국 세라는 그의 제안을 승낙했다.

"그럼 앞으로 잘 부탁드립니다."

남자의 말에 세라는 고개를 끄덕인 후 밖으로 나왔다.

왠지 재미있는 일이 벌어질 것 같은 느낌이 들었다.

털썩!

눈류는 허탈함에 바닥에 주저앉고 말았다.

류화의 모습은 한층 멋있어졌기에 불만스러운 점은 없었다.

작은 강아지만 했던 크기에서 성인 말의 크기로 바뀌었고, 파리의 날개로 놀림받던 네 개의 날개는 길고 윤기가 흘렀으며 화려한 자태를 뽐냈다.

더불어 정말 다행스럽게도 몸은 커졌지만 머리 크기는 그대로였기에 더 이상 대두로 보이지도 않았다! 또한 이마에 달려 있는 뿔은 유니콘의 뿔처럼 뾰족하고 날카로워졌으며 꼬리는 길쭉했는데, 전체적으로 불길이 타는 듯한 색과 털을 가지고 있었다.

그리고 전신에는 몸을 덮고 있는 털보다 조금 더 진한 붉은 색의 빛이 번개가 흐르듯 흘렀다.

보기에는 누구나 탐낼 만큼의 멋진 위용을 자랑하는 류화!

그런데 문제는 능력이었다.

러브와는 달리 눈류는 류화가 각성했음에도 불구하고 능력이 추가로 강해지지 않았다. 더군다나 류화의 상태를 살펴보니 공격력과 방어력이 사냥에 데리고 다니기도 민망한 수준!

'크흐흑!!'

류화를 보며 '와와!' 감탄사를 연발하는 러브와는 달리 눈류는 속으로 눈물을 삼켰다.

물론 외형도 중요했지만, 그래도 내심 좋은 능력을 바랐던 자신이었다.

그 능력 하나만 생각하고 각성시키는 약초를 사용했다!

만약 류화에게 특별한 능력이 없는 줄 알았더라면 눈류는 약초를 차라리 팔았을 것이다.

키우기 힘든 펫을 한 번에 각성시킬 수 있는 약초!

분명 비싼 값에 거래되었을 것이다.

'내가 저놈을 너무 믿었다.'

눈류는 힘겹게 자리에서 일어나 후회가 막심한 눈빛으로 류화에게 다가갔다.

마음은 좋지 않지만 각성제까지 사용한 자신의 펫이었다.

그리고 단점만 있는 것도 아니었다.

정보에 보면 류화의 속도는 지상 그 어떤 것보다 빠르다고 나와 있었고, 하늘을 날 수도 있다고 했다.

속도가 어느 정도인지 아직 확인하진 못했지만, 만약 만족스럽다면 앞으로 텔레포트 비용은 굳게 될지도 모른다!

"류화야."

"주인."

"컥! 너 말을 할 줄 아냐?"

"각성으로 인해 가능해졌다."

평소처럼 이름을 불렀던 눈류는 반색하며 되물었다.

브러는 말을 할 줄 모르는데 류화는 말도 하는 적절한 뇌를 가지고 있다!

더군다나 목소리도 여자다!!

"그래, 내가 주인이다. 앞으로 잘 따라라."

"알겠다."

눈류는 류화의 부드러운 머리털을 쓰다듬으며 말했다.

보기에는 불타오르는 것 같지만 전혀 뜨겁지 않았고, 여자 머리카락보다 더 찰랑거렸다.

"그런데 너는 공격 기술 같은 것은 없냐?"

"있다."

"정말이냐?"

"그렇다. 나는 브레스를 사용할 줄 안다."

"헐… 브레스?"

눈류는 믿을 수 없다는 듯 류화를 쳐다봤다.

브레스라니! 그건 사라진 드래곤들이나 쓰는 기술이 아닌가!

"각성을 하면서 많은 지식을 얻게 됐다. 누가 주었는지는 모르겠지만 나는 분명 브레스를 발휘할 수 있다. 그리고 현재의 나는 화염의 빛깔을 가지고 태어났기에 레드 드래곤의 브레스를 사용한다."

"그런데 너는 왜 빛깔이 붉게 변했냐?"

"그건 주인 때문이다."

눈류는 고개를 갸웃거렸다.

자신은 류화가 각성할 때 아무 짓도 하지 않았다!

"각성하는 순간 나의 힘은 주인의 감정으로 인해 결정된다. 그리고 주인에게서 가장 많이 느낄 수 있었던 감정은 분노와 복수심이었다. 그래서 현재의 모습이 된 것이다."

류화가 그동안 자신의 마음을 느끼고 있었다는 사실을 처음 알게 된 눈류의 표정이 잠시 굳어졌지만, 브레스를 보고 싶은 마음에 머릿속에서 지우며 재촉했다.

"일단 브레스를 사용해 봐."

"나도 처음 발휘하는 것이기에 위력은 모른다. 그러니 피해 있어라."

푸슛!!

류화의 신형이 하늘로 솟구쳤다.

그러자 눈류는 러브와 브러를 데리고 멀리 떨어졌다.

자신의 시야로도 잘 보이지 않는 거리이지만 어쩔 수 없었다. 정말 책이나 만화에서 본 위력일 경우 더 근접한다면 죽음을 면치 못할 것이기에.

그러나 밸런스 상 절대 그럴 일이 없을 것이라 생각하면서도 눈류는 기대 가득한 얼굴로 류화를 주시했다.

슈우우우우!!

류화는 머릿속의 흐르는 기억대로 깊은 숨을 빨아들였다.

그와 함께 자연의 머무는 마나가 입속으로 응집되며 붉은빛으로 변하기 시작했다.

'대, 대단하다!'

멀리서 그 모습을 지켜보고 있던 눈류는 류화의 입에서 불꽃의 물결 같은 브레스가 지면을 향해 발출되자 두 주먹을 불끈 쥐었다!

과연 위력은 얼마나 대단할까!

그리고 곧 브레스는 지면과 충돌했다.

"다시 써봐."

"아, 알았다."

눈류는 류화의 엉덩이를 발로 툭! 차며 말했다.

그런 눈류의 태도에 류화는 식은땀을 흘리며 재차 숨을 깊게 마셨다.

아까와는 다른 점은 허공에 떠오르지 않았다는 것이고, 눈류와 러브, 브러까지 바로 곁에 있었다.

사아아악!!

류화의 입에서 불꽃같은 물결이 뿜어져 나와 지면에 닿았다!

그리고 설마 하는 심정으로 바로 곁에서 확인을 한 눈류는 가자미 눈동자가 되었다.

세상에! 류화의 브레스는 그 어떤 파괴력도 존재하지 않았다!

단지 위용만 대단해 보일 뿐!

오죽하면 류화의 브레스를 정통으로 맞은 개미가 돌아보지도 않은 채 걸어가겠는가!

"네가 창피하다."

진심을 담은 눈류의 말에 류화는 자존심이 상한 듯 다급히 말했다.

"브, 브레스는 단지 흉내만 낼 수 있을지 몰라도 나의 속도는 그 누구보다 빠르다!"

"믿어도 되나?"

"그, 그렇다!"

눈류의 눈동자에는 의심이 가득했다.

그러나 정보에도 나와 있는 말이기에 거짓이 아닐 것이라 생각했다.

"그런데 나는 말을 탈 줄 모른다."

눈류는 자신 위에 타라는 류화에게 잠시 망설이다가 대답했다.

"풉……."

눈류의 이마에 혈관이 돋았다.

안면까지 일그러지는… 류화의 제대로 된 썩은 미소!

"걱정하지 마라. 나는 그냥 말이 아니다. 내 위에 타는 사람은 절대 떨어지지 않는다."

"그래?"

"그렇다. 아무리 빨리 달리고 날아도 괜찮다."

눈류의 얼굴에 화색이 돌았다.

사실 류화가 각성했을 때 제일 걱정했던 부분이었다.

물론 류화는 말을 뛰어넘은 펫이었고 말도 할 줄 알았다.

그래서 초보자도 어렵지 않게 탈 수 있겠지만, 혹시나 하는 불안감이 존재했다.

그런데 절대 떨어지지 않는다니!!

"그래, 한번 보여봐라!"

눈류는 류화의 몸 위에 올라탔다.

그와 함께 류화는 온 힘을 다해 땅을 달리기 시작했다.

차차차차착!!

'커억! 정말 빠르다!'

눈류는 감탄했다.

자신의 그림자 조각을 능가하는 속도!

그것도 모자라 류화가 하늘을 달리기 시작하자 감탄은 경악으로 바뀌었다.

아무것도 없는 허공을 류화는 힘차게 박찼고, 눈류는 그 어떤 것도 잡지 않았지만 떨어지지 않았다.

'아름답다.'

하늘에서 내려다보는 풍경은 가히 예술이었고, 류화의 몸 주변에 흐르는 번개 같은 붉은 기운에 자신이 모르는 능력이 있는지 엄청 빠른 속도에도 불구하고 바람의 영향도 크게 받지 않았다.

그러나 눈류는 몰랐다.

절대 떨어지지 않는 것은 류화가 자신의 능력을 발휘했기 때문이고, 마음만 먹는다면 얼마든지 떨어뜨릴 수 있다는 사실을.

그리고… 류화가 자신에게 많은 감정을 가지고 있다는 사실을…….

"류화, 마음에 든다!"

눈류는 환한 표정으로 외치며 양손을 허공으로 번쩍 들었다.

하늘이 양손에 닿을 것 같았기 때문이다.

그런데 곧… 웃음이 지우개로 지운 듯 사라졌다.

분명 조금 전까지만 해도 하늘이 보였는데 갑자기 머리 위로 류화가 나타났다.

그런 류화의 등 위에는 아무도 존재하지 않았다.

"……."

말 못하던 시절의 복수를 이제야 하는 소심한 류화였다.

류화에게 죽임을 당한 지 며칠 후 눈류는 떨리는 심정을 애써 감추며 카르엔 공작을 방문했고, 공작과 함께 마차를 탄 채 왕궁으로 향했다.

아무리 우승자라 할지라도 황제와의 대면은 여러 가지 절차가 있는 법이었지만 카르엔 공작으로 인해 눈류는 모든 부분이 쉽게 통과되었다.

'넓긴 넓구나.'

눈류는 끝없이 이어지는 정원을 바라보며 혀를 내둘렀다.

마차로 오랫동안 달렸음에도 불구하고 정원은 끝나지 않았다.

"폐하께서는 짓궂은 분이시네. 혹여나 해서 미리 말해두는 것이야."

"알겠습니다."

눈류는 고개를 끄덕이며 잔뜩 기대했다.

현재 라스트도 자신이 속한 왕국의 황제를 만나기 위해 가는 중일 테지만, 이런 기회는 존재하지 않았으며 모든 유저들의 부러움을 받았다.

'어떤 퀘스트가 기다릴까?'

눈류가 가장 설레는 부분이었다.

황제가 내리는 퀘스트! 분명 쉽지는 않겠지만 보상도 대단할 것이다.

처억!

거침없이 황제를 만나기 위해 길을 재촉하던 카르엔 공작과 눈류의 신형이 우뚝 멈춰 섰다. 황제의 거처를 지키는 두 명의 기사가 손을 내밀었기 때문이다.

'가, 강하다.'

눈류는 그들에게서 압도적인 기운을 느꼈다.

이전에 발키리 왕국에서 봤던 대신관의 호위 기사들을 다시 만난 기분이었다.

스슥, 스슥.

기사들은 카르엔 공작임에도 불구하고 혹시나 무기가 있는지 손으로 확인했고, 뒤를 이어 눈류에게 손을 뻗었다.

그리고 나서야 공작과 눈류는 금빛 드래곤이 자태를 뽐내고 있는 거대한 황금색 문을 열고 안으로 들어갈 수 있었는데, 눈류는 카르엔 공작과 마찬가지로 왼쪽 무릎을 꿇고 오른쪽 팔을 가슴에 붙인 후 상체를 숙였다.

"미천한 신이 황제 폐하를 뵙습니다."

"일어나시오."

저음의 묵직한 음성이 둘의 귀로 파고들었다.

황제가 다른 나라의 왕을 제외하고는 말을 놓지 않는다는 것은 있을 수 없으나 수백 년을 살며 나라를 지켜온 카르엔 공작은 예외였고, 곧 눈류는 공작의 손짓과 함께 고개를 들고 자리에서 일어섰다.

그때서야 눈류는 주변을 얼핏 볼 수 있었는데, 황제는 방 끝 중앙에 위치한 고급스러워 보이는 의자에 앉아 있었다. 그 곁에는 마법사로 보이는 로브를 입은 사람과 기사 한 명이 양쪽에 서 있었고, 황제의 뒤에는 문과 비슷한 거대한 금빛 드래곤이 벽면에 새겨져 …위용을 자랑했다.

마지막으로 눈류를 중심으로 양옆에는 10명의 기사들과 2명의 신관이 서 있었다.

그리고 황제는 무력이 뛰어난 것 같지는 않았지만 기세가 대단했고, 몸이 단단해 보이는 40대 후반의 모습이었다.

"이름이 무엇인가?"

"눈류라 합니다."

"그래, 이번에 큰 공을 세웠다고? 그럼 상을 내려야지."

눈류는 고개를 살짝 숙였다.

그러자 황제와 공작의 대화가 이어졌는데, 잠시 후 눈류에게는 오백만 라르크가 상금으로 내려졌다.

'아싸!'

눈류는 속으로 기쁨을 터뜨렸다.

황제의 거처에 들어서는 순간 예술 스텟이 대폭 상승되었다.

그런데 생각하지 못한 라르크까지 받게 되다니!

"저자의 실력은 어떻소?"

그때 황제가 궁금하다는 듯 묻자 카르엔 공작은 연한 미소를 지으며 대답했다.

"지금도 대단하지만 언젠가는 저를 능가할 인재입니다."

"허헐. 그렇단 말이오?"

카르엔 공작의 말에 모두는 놀란 얼굴이 되었고, 황제마저 의외라는 표정이었다.

카르엔 공작, 그가 누구인가!

검이라면 가면의 기사를 제외한 그 누구에게도 지지 않는 최고의 기사였다. 그런 이가 자신을 능가할 것이라 평가하다니!

"그럼 한번 봐야 되지 않겠소?"

"알겠습니다."

황제의 말에 카르엔 공작은 알고라도 있었다는 듯 당황하지 않으며 눈류에게 눈짓을 보냈다. 그러자 마차에서 이미 많은 말을 들었던 눈류는 마음을 다잡았다.

넓게 탁 트인 대련장이었다.

특이한 점은 주변에 마나로 벽이 쳐져 있어 관중을 하는데 위험이 없도록 되어 있었고, 황제의 곁에는 많은 기사들과 마법사들이 호위를 함과 동시에 흥미로운 표정으로 무대 위에 선 둘을 바라봤다.

'아까 그자군.'

눈류는 눈앞에 선 자를 주시했다.

황금색으로 이루어진 갑옷을 걸친 기사!

바로 황제의 정예 부대인 골드 드래곤의 기사였다.

그중에서도 상위에 속하는 칼메트였다.

"한 수 부탁드립니다."

칼메트가 말함과 동시에 검을 쥔 손에 힘을 주자 눈류 역시 가면을 착용함과 함께 카르엔 공작이 건네준 검을 쥔 손에 힘을 주었다.

그런 눈류의 모습에 황제는 가슴이 떨렸다.

카르엔 공작을 통해 기사의 후예라는 말을 들었고, 전설로만 듣던 기사는 아니었지만 그 후예를 통해 실력을 볼 수 있다는 기쁨이었다.

스스스슥.

눈류는 칼메트가 움직이자 시선을 떼지 않고 노려봤다.

천천히 흐르는 듯했지만 그 속도는 방심하는 순간 베일 것처럼 빨랐다.

'마나를 사용할 수 없어 아쉽군.'

자신의 스킬을 모두 발휘한다면 조금이라도 가능성이 있을 것이라 생각했다.

그러나 마나를 사용할 경우 목숨을 잃을 위험이 있었다. 그 말인즉 눈류는 그 어떤 스킬도 발휘할 수 없다는 것!

오로지 검술로 펼쳐지는 대결!

'경험을 믿는 수밖에.'

눈류는 이곳 세상에서 검술을 배운 적이 없었다.

배운 것이라고는 오로지 스킬이 전부였으며, 몬스터들과 싸우며 살아남기 위해 검을 움직인 것뿐이었다. 그것도 현실에서 배운 검도 실력이 있었기에 가능했던 일이었다.

하지만 상대는 검에 모든 것을 걸고 살아온 기사였다.

당연히 검술로만 대결을 펼친다면 눈류의 패를 의미했지만, 눈류는 쉽게 포기하지 않았다.

채애앵!

검과 검이 부딪쳤다.

그러자 칼메트는 경악하며 검의 각도를 틀어 눈류의 검을 흘려 버렸다.

검을 잡은 손이 부르르 떨렸다.

마치 마나를 사용한 듯한 힘!!

'어쩌면⋯⋯.'

눈류는 한 번에 경합으로 희망을 불태웠다.

마나는 사용할 수 없지만 자신에게는 능력과 똑같은 스텟이 존재했다.

특히 근력은 상상을 초월하는 수준이 아닌가!

챙챙! 챙챙!

눈류는 때로는 힘을 위주로, 그리고 때로는 자신의 특기인 정확성을 살려 목숨을 빼앗지 않는 급소를 노리며 검을 움직였다.

베고, 찌르고, 베고, 찌르고!

그러나 힘에서 밀림에도 불구하고 칼메트 역시 대단한 기사라는 것을 증명하듯 눈류를 압박하기 시작했다.

힘으로 밀리면 흘려 버렸고, 급소를 노리면 방어를 하거나 피함과 동시에 마찬가지로 급소를 파고들었다.

그런 칼메트의 검은 혀를 날름거리는 독사와 같았으며, 검을 움직이는 속도와 정확도는 눈류를 능가했다.

주르르륵.

눈류의 이마에서 굵직한 땀방울이 흘렀다.

이미 온몸이 땀으로 젖은 상태!

하지만 칼메트는 눈류보다 덜 지쳐 보였는데, 그것은 실력도 실력이었지만 지금까지 살아온 방식도 한몫했다.

현실에서는 운동을 열심히 하지만 라스트 월드 안에서는 지치면 언제나 빵을 먹어 피로도를 회복했다. 그래야 빠른 레벨 업이 되기 때문!

그러나 칼메트는 이곳이 게임이라는 사실을 모른 채 매일, 매일 죽음을 넘나드는 수련을 하는 기사였다.

그로 인해 제아무리 유저들 사이에서 독종이라 불리고 스텟이 전체적으로 높은 눈류라도 끈기와 체력 등 모든 면에서 칼메트보다 부족했다. 그 역시 정예 기사 중 상위에 속하는 존재이기에.

채애앵!!

결국 승리는 허공으로 치솟는 눈류의 검과 함께 칼메트에게 돌아갔다.

그러자 눈류는 예의를 잃지 않고 황제와 칼메트를 비롯해 이런 기회를 준 고마움을 표시했고, 잠시 후 카르엔 공작을 따라 재차 황제의 거처를 향해 움직였다.

그리고 걸어가는 내내 눈류는 자신의 부족함을 깨달으며 노력이라는 단어를 되새겼다.

"행님, 말 좀 해보세에!"

"그래요. 저도 궁금합니다."

"오라버니, 얼른!"

황제와 만난 뒤 길드원들의 성화를 못 이겨 바람이 머무는 곳에 도착한 눈류는 앉자마자 재촉하는 길드원들의 모습에 웃음을 흘리며 길드 채팅창으로 대략의 상황을 알려주었다.

칸이 쳐져 있기는 하지만 혹여나 다른 유저들이 들을까 걱정이 들어서였고, 길드원들은 부러움이 가득한 시선으로 경청했다.

"이야. 골드 드래곤과 대련도 하고, 행님 부럽네예. 근디 그리 강합니꺼?"

"음. 모든 스킬을 발휘한다 할지라도 이길 자신이 많지 않아. 만약 스킬을 발휘하지 않는다면, 그 어떤 유저도 그들을 이길 수 없을 것이야. 대단한 것이지. 우리는 게임 시스템으로 인해 자연적으로 능력을 얻지만 이곳을 세상이라 생각하고 사는 NPC들은 자신들의 노력으로 얻은 것이니."

"하긴 그렇겠군요. 이곳 세상에서는 힘이 전부이니, 수련의 질 자체가 다르겠지요."

눈류의 말에 루크가 동의하며 말했고, 오랜만에 여유를 가진 눈류는 음식을 즐기며 도수가 낮은 달콤한 과일주도 한 모금 마셨다.

"그런데 퀘스트는 안 받았습니꺼?"

"어? 받았어."

눈류의 대답에 모두의 눈동자가 반짝거렸다.

황제가 주는 퀘스트다!

"뭔데예? 궁금합니더!"

기적이 재촉하자 눈류는 실소를 흘렸다.

퀘스트의 내용이 떠오르자 인연이라는 단어가 생각났기 때문이다.

대련이 끝난 후 눈류는 황제에게서 퀘스트를 받았다.

그런데 정보를 읽고 난 후 잠시 멍해졌었다.

내용은 누군가를 데려와 달라는 것이었는데, 위치가 고대의 산이었다.

그러자 자연적으로 환수의 눈물 퀘스트에서 만나게 되었던 울트와 나니아가 머릿속에서 떠올랐고, 자신도 모르게 미소를 지었다.

"누군가를 데려와 달라는 것인데 보상은 아직 몰라."

"그래예? 황제가 주는 기면 분명 좋을 턴디. 아참, 행님!"

기적이 아쉬움 가득한 목소리로 중얼거리다 무엇인가가 생각난 듯 손에 들고 있던 멧돼지 다리도 내려놓은 채 말했다.

"들었습니꺼? 각성한 펫이 둘이나 나타났습니더. 그것도 아이템으로 각성시켰다던데예."

눈류와 러브가 펫을 각성시킨 이후 둘의 정체는 밝혀지지 않았지만 두 마리의 펫이 각성했다는 정보는 알려졌고, 많은 이들이 각성 이후의 변화된 모습과 능력을 알고 싶어 했다.

그리고 눈류의 부탁으로 인해 러브는 자신의 펫만 따로 촬영을 하여 박진우에게 넘겨 현재 방송도 탄 상황이었다.

'나라는 것은 모르고 있군.'

눈류는 펫이 각성한 사실을 라일라에게만 말했었다.

숨기려고 한 것은 아니지만 황제를 만나기 전까지는 사냥에만 열중했기에 다른 길드원들을 만날 틈이 존재하지 않았었다.

그런데 라일라 역시 눈류가 한 말은 다른 이에게 잘 말하지 않다 보니 비밀이 되었고, 이런 상황이 벌어진 것이었다.

'어차피 알게 될 일.'

다른 이들이라면 몰라도 이 자리에 모인 길드원들에게는 감출 이유가 없었기에 눈류는 길드 채팅창이 아닌 작은 목소리로 말했다.

"그 둘 중 한 명이 나야."

"예? 진짭니꺼? 흐읍!"

기적이 큰 소리로 되물었다가 자신의 실수를 깨닫고 황급히 입을 틀어막았다.

"어. 우연히 알게 된 분과 퀘스트를 같이하게 됐고, 그렇게 됐어."

"그렇군요. 눈류님, 한번 보여주실 수 없을까요?"

눈류의 말에 곁에 있던 루크가 부탁했다.

그 어정쩡하던 류화가 도대체 어떻게 변신했을까!

모두는 궁금증과 기대를 담아 눈류를 바라봤다.

"그러죠."

눈류는 웃음과 함께 대답하며 일어섰다.

스파아아앗!!

잠시 후 아무도 없는 곳으로 이동한 눈류는 류화를 소환했다.

그러자 모두는 바뀐 류화의 모습에 멋있다라는 말을 반복하며 눈을 떼지 못했다.

"주인, 오랜만이다."

"그래."

그 주인에 그 펫!

소심한 복수를 한 류화는 그날 이후 한 번도 소환되지 않았었다.

그래서 살짝 삐친 목소리로 말했고, 눈류 역시 새침한 표정으로 대답했다.

"우와. 말도 한다……."

그 모습에 라일라가 놀란 어투로 말했고, 모두는 동감하는 듯 멍하니 고개를 끄덕였다.

"어?"

그때였다. 눈류는 월하에게서 음성 채팅이 오자 일행들에게 착한 척하는 류화를 무시한 채 수락했다.

"눈류, 어디야?"

"크로아인데 왜?"

"이리로 와줄 수 있어?"

"어딘데?"

"엘프 마을."

갑작스러운 월하의 부탁.

"지금 루운 장로와 같이 있다. 그런데 너도 찾는군."

"루운?"

눈류의 얼굴이 살짝 일그러졌다.

정말 퀘스트만 아니면 꿈에서도 보기 싫은 존재!

"퀘스트를 맡길 것 같아."

"흐음."

눈류는 잠깐 고민에 빠져 들었지만 어쩔 수 없이 승낙하고 말았다.

아무리 밉상에 만나는 것이 싫다 할지라도 비밀 퀘스트의 보상을 포기할 수 없었다.

"그럼 지금 와줬으면 한다."

윌하는 그 말과 함께 음성 채팅을 종료했고, 눈류는 일행들에게 사정을 설명한 뒤 마법진을 이용하려다가 뚱한 표정으로 류화를 쳐다봤다.

"류화."

"왜 부르는가?"

"혹시 엘프 대륙이 어디에 있는지 알고 있나?"

"엘프 대륙은 물론 다크 엘프 대륙의 위치도 내 머릿속에 있다."

"너의 속도라면 얼마나 걸리지?"

"현재 위치라면 오래 걸리지는 않을 것이다, 주인."

눈류는 고민에 빠져 들었다.

엘프 대륙까지 가는 텔레포트 비용과 자존심 사이에서 갈등하는 것이었다.

그러나 결국 눈류는 라르크를 선택했다.

비록 우승 상금과 황제에게 부상으로 받은 라르크가 있었지만 레드 마나와 B급 고급 검을 잃은 충격이 계속 남아 있기 때문이었다.

"저, 저기……. 크흠."

일행들의 눈치를 보던 눈류는 류화에게 말을 걸다 말고 헛기침을 했다.

하지만 곧 용기를 내어 작은 목소리로 부탁했다.

"그럼 나, 엘프 대륙까지 태워줘."

류화는 그런 눈류를 잠시 동안 빤히 쳐다봤다.

한 번 죽었다고 소환 한 번 안 시켜주더니, 이제 와서 한 다는 말이…….

피시익.

"……."

류화의 대놓고 비웃음 작렬!

"간절히 원하는가? 태워주는 것은 어렵지 않다. 단, 조건이 있다."

'뭐, 이런…….'

이제는 거래까지 하려는 류화의 모습에 눈류는 기가 찼다.

"주인이 주는 빵은 정말 맛없다. 혀가 마비되는 것 같다. 앞으로는 맛있는 빵을 줬으면 한다. 아참, 그리고 물은 토트웰 지역의 물이 가장 맛이 좋다고 내 머릿속에 기억돼 있다. 참고해라. 또, 하루에 야채와 과일은 영양소를 잘 배치해서 달라. 매일 딱딱한 빵만 먹으니 위가 굳어버렸다."

눈류는 주먹을 부르르 떨다 이제는 아예 살기를 내뿜었다.

그러자 흠칫하며 뒷걸음질 치는 류화.

"주, 주인, 나를 위협할 생각을 하지 마라! 그러면 태워주지 않겠다!"

눈류는 류화의 말에 대답하지 않으며 월하에게 음성 채팅을 신청했다.

"무슨 일이지?"

"나 텔비……."

"줄 테니 빨리 와."

눈류는 역시 돈 줄!이라 생각하며 환한 웃음으로 류화를 바라봤다.

남들이 보면 기분이 좋아서 웃는 것 같지만 류화는 등 뒤에 식은땀이 맺혔다.

"안 타."

"주, 주인. 야채는 빼도 된다."

채애앵.

눈류가 검을 소환했다.

"주, 주인! 토르웰은 무슨! 흙탕물도 사랑한다!"

사아아악!

검에 조화된 마나가 이글거렸다.

"주인!! 난 딱딱한 빵도 과분하다! 오늘부터 굶을 생각이다!"

잠시 후… 길드원들은 말 안 듣는 펫 길들이는 법을 생생하게 볼 수 있었다.

"자주 뵙네요."

"그렇군요."

싱글벙글 미소를 짓는 루운을 보며 눈류도 애써 어색하게 웃으며 대답했다.

루운의 거처에는 월하도 자리하고 있었는데, 그녀와는 가볍게 고개를 끄덕임으로 인사를 대신했다.

"우연히 월하님을 알게 되어 대화를 나누다 눈류님의 얘기가 나왔습니다. 그런데 월하님도 눈류님을 알고 계시더군요. 안 그래도 눈류님도 부를 생각이어서 월하님에게 부탁드렸습니다. 왠지 제가 와달라고 하면 오시지 않을 것 같아서."

"하, 하하. 그, 그럴 리가요?"

속마음과는 달리 언제나 웃음으로 서로를 마주하는 루운과 눈류!

'이 능구렁이 같은 엘프.'

눈류는 머리가 아파옴을 느끼며 눈앞에 놓인 차를 마셨다.

그러자 월하가 용건을 물었고, 루운은 그때서야 둘을 부른 이유를 설명했다.

"남쪽에 불길한 숲이 존재합니다. 그 숲에는 마계와 통하는 길이 있어서 제가 여신의 조각상에 힘을 추가해 봉인을 했습니다. 그런데 얼마 전부터 숲 근처 마을에 마계의 몬스터들이 나타난다는 얘기를 듣게 되었습니다. 아무래노 힘이 나 된 듯합니다."

"그럼 저희들이 할 일은?"

"불길한 숲은 마계의 몬스터들이 아니라도 강력한 몬스터들이 많습니다. 두 분께서 동료들을 모아 저 대신 여신의 조각상에 이 크리스탈을 넣어주세요."

[여신의 조각상.]

루운은 마계의 문이 열린 것을 알게 되었다.

그래서 신비한 힘을 가진 여신의 수정상에 자신의 힘을 담은 크리스탈을 섞어 마계의 문을 봉인했다.

그런데 크리스탈의 힘이 사라져 마계의 몬스터들이 출몰하고 있다.

조각상을 만질 수 있는 장인을 비롯해 동료들을 모아 위험에 빠진 이들을 구해라!

퀘스트 정보를 확인한 눈류는 월하와 눈을 마주쳤다.

보상이 무엇인지는 나오지 않았지만 비밀 퀘스트인만큼 손해 볼 일은 없었다.

물론 위험이 따를 수도 있다. 그러나 오히려 퀘스트를 하며 레벨 업을 할 수 있는 기회였고, 장인의 직업 역시 박하다가 있었다.

눈류와 월하는 동시에 고개를 끄덕였다.

"저희가 하겠습니다."

"감사합니다. 두 분이라면 들어주실 줄 알았습니다. 다만 추가적인 부탁이 있다면 서둘러 주십시오. 근방의 엘프들이 위험합니다."

"알겠습니다."

눈류는 대답과 함께 자리에서 일어서려고 했다.

그런데 서둘러 달라는 말과는 달리 루운은 언제나처럼 수다를 떨기 시작했고, 시간이 길어지자 월하는 은연중에 살기를 뿌렸다. 눈류는 속으로 실소와 함께 그런 월하를 말리며 음성 채팅으로 대화를 나누었다.

이제는 루운의 수다에도 짜증을 내지 않고 한 귀로 흘리는 눈류였다.

"길드에서 인원을 뽑는 것이 낫겠지?"

"그래."

"그러면 멤버는 내가 정하도록 하지. 정해지면 바로 출발하자."

월하와 대화를 마친 눈류는 자신이 생각한 이들에게 음성 채팅으로 퀘스트의 내용을 말해주었다. 그리고 2시간이 지난 후, 참여하기로 한 길드원들이 시작 마을에 위치한 여관에 모이게 되었다.

"으하하! 이놈 참 좋구나!!"

"아버지, 직딩히 부비세요."

"이놈아! 이 애비의 사랑을 그렇게 거부하는 것이냐?"

눈류는 한숨을 내쉬며 류화의 등에 고개를 파묻었다.

라일라가 계속 타고 싶어하는 눈치였기에 뒤에 라일라를 태우고 싶었다.

그런데 류화를 보자마자 박하다가 눈류보다 먼저 류화의 등에 올라타 버렸고, 라일라는 속상하지만 티를 내지 않은 채 말을 타고 이동 중이었다.

거기까지는 좋았다. 그런데 왜 뒤에서 꼭 끌어안고 이리 비빈단 말인가!

아무것도 잡지 않아도 류화의 등에서 떨어지지 않는다고 설명까지 했는데!

그리고 손의 위치가 가슴이다!

물론 아버지가 아들을 안는 광경은 좋은 것이었지만, 눈류는 이런 상황이 어색하기도 했고, 내심 라일라를 태워서 가려는 마음이 있었기에 까칠해진 상태였다.

'아, 밑에는 이제 괜찮나?'

눈류의 한숨은 박하다뿐만이 아니었다.

현재 일행들은 말로 이동하고 있었다.

불길한 숲에는 바로 가는 텔레포트 마법진이 없기 때문이었다. 그래서 가능한 위치까지 이동 마법진을 이용한 뒤 말을 구입한 것이다.

그런데 문제는 성격 날카롭기가 명검과 맞먹는 월하였다.

처음에는 별문제가 없었다.

하지만 시간이 지날수록 월하의 몸에서 살기가 흘러나왔다.

바로 함께 가고 있는 멤버들 때문이었다.

기적과 레몬, 페르탄과 일리아, 루크와 리야!!

닭마저 닭살로 죽게 만든다는 염장의 화신들!!

오랜 시간 함께하며 익숙해진 라일라도 아직 괴로움에 치를 떨 정도인데 월하가 그런 샤방샤방 포스를 견딜 수 있을 리가 없었고, 결국 위협을 가하기까지 하였다.

말을 타고 가는 도중 몬스터가 나왔다.

그렇게 강한 몬스터가 아니었음에도 불구하고 월하는 헬 파이어를 선사했다.

그것도 몬스터가 위치한 곳이 아닌 염장 커플, 남매들 사이로!

그리고 한마디 하는 센스를 잊지 않았다.

"실수."

눈류는 헬 파이어 이후, 잠잠해진 염장을 확인한 후, 월하에게 음성 채팅을 시도했다.

"그런데 이제는 시간이 괜찮은 듯하군."

"그래. 한동안 여유가 생겼어."

사실 밀린 스케줄까지 합치면 월하는 도저히 게임을 접속할 수 없었다.

그래서 성향 전쟁에도 참가하지 못했었다.

그런데 문제가 생겼으니… 안 취했다는 생각에 음주운전을 하다가 적발된 것이었다.

그로 인해 방송에 차질이 생겼으며, 월하는 기자 회견과 함께 자숙의 시간을 갖게 되었다.

"여기서 좀 쉬었다가 가죠."

말들이 지칠 시간이 되었다고 생각한 눈류가 제안을 하자 모두는 동의하며 자리에 앉았다.

일행들은 적당한 나무 밑에 자리를 잡고 말들에게 먹이와 물을 먹인 뒤 각자 음식을 꺼냈다. 그런데 리야가 눈빛을 반짝이며 조심스럽게 말을 꺼냈다.

"저기, 제가 요리해 드릴까요?"

'커억!!'

눈류는 막 빵을 입에 넣다가 자신도 모르게 뱉어버렸다.

그런 반응은 리야가 만든 음식을 먹어본 몇 명도 똑같았는데, 그런 모습들에 리야가 슬픈 표정이 되자 루크가 황급히 나섰다.

"그, 그래! 리야가 만든 요리 먹고 싶다!"

찌리리리릿!!

눈류의 살기가 담긴 시선이 루크를 향했다.

그러나 루크는 두려움을 느끼면서도 모른 척했다.

그 순한 루크가 모두를 희생시키는 ···저주받은 사랑의 힘!!

'후. 굶어야겠어.'

리야가 만든 요리를 먹지 않고 빵을 먹는다면 그것은 대놓고 맛없다고 말하는 것이기에 눈류는 배가 고픔에도 불구하고 극단적인 결심을 하고는 월하를 쳐다봤다. 그러고 보니 월하도 리야와 비슷한 요리 솜씨를 가지고 있었다!

'뭐, 뭐지?'

눈류는 당혹스러웠다.

월하는 매콤한 스프를 만들고 있는 리야를 쳐다보고 있었는데 눈빛이 이상했다!

마치 자신도 간절히 바라는 듯한 시선!

"저도 만들어 드리죠."

불길한 예상은 언제나 적중한다고 했던가!

요리 스킬을 익힌 뒤 요리에 재미가 들린 월하는 끝내 만들고 싶다는 욕구를 참지 못하고 자리에서 일어섰다.

자신도 맛이 없다는 사실을 잘 알고 있었다.

그러나 뭐든지 많이 해야 잘하는 법이었고, 요리의 맛도 요리 스킬 레벨이 오를수록 좋아진다. 그러니 시간이 허락한다면 계속해서 만들어야 하는 법!

'최악이다!'

눈류는 두려움에 가득 찬 눈으로 두 명의 여자를 바라봤다.

그녀들은 열심히 끓이고, 볶고, 굽고 있었는데 마치 지옥에 온 듯한 기분이 들었다.

'컥, 저 눈빛은?'

더불어 리야의 요리에 걱정을 하던 몇은 신기함과 함께 다행이라는 시선으로 월하를 보고 있었다.

리야의 요리가 워낙 극악하기에 월하가 만든 요리는 맛있을 것이라는 헛된 기대!

잠시 후… 냄새만은 맛있는 둘의 요리가 일행들 앞에 놓여졌고, 눈류는 월하의 눈치를 살폈다.

리야의 음식은 외면할 수 있었다.

그런데 월하는 돈줄이었다! 돈줄의 심기를 불편하게 하는 것은 이전에 한 번으로도 충분했다. 사실 소심한 눈류는 그때 월하의 요리를 먹고, 서로를 죽일 듯 치고 박은 이후 많은 걱정을 했었다.

혹시 삐쳐서 사냥을 같이 안 해주면 어쩌나!

월하와 사냥을 하면 편하기도 하고 이득도 많은데!

힐끔, 힐끔.

눈류는 라일라의 눈치를 살폈다.

하지만 라일라 역시 난감한 표정만 지을 뿐이었다.

라일라도 월하의 요리를 먹어봤기에 그 맛을 잘 알고 있었다.

'어쩔 수 없지…….'

눈류는 한숨을 길게 내쉬며 월하가 만든, 국으로 추정되는 정체불명의 음식을 접시에 담았다. 그와 함께 루크 역시 접시를 들고 경련이 일어나는 웃음을 짓고 있었다.

눈류와 루크가 결심을 하는 사이… 이미 둘의 음식을 맛본 다른 일행들은 바닥에 쓰러져 사경을 헤매고 있었고, 잠시 후, 월하와 리야는 만족스러운 표정으로 말 위에 올라탔다.

각기 다른 이유를 가진 눈류와 루크가 요리들을 모두 먹어 치웠기에.

'눈류님…….'

'루크님…….'

오랜만에 눈빛으로 동질감을 느끼는 눈류와 루크는 서로를 쳐다보며 속으로 눈물을 흘렸고, 한 시간 정도가 더 흘렀을 때 일행들은 음산한 기운이 흐르는 불길한 숲에 도착했다.

『가면의 기사』 7권에 계속…

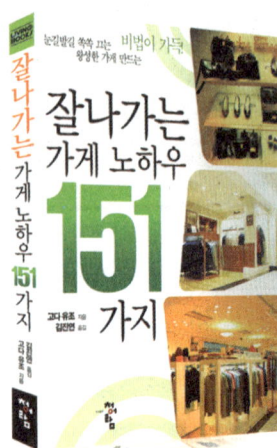

입소문을 통해 아는 분은 다 알고 계십니다!
올 한해 공인중개사 최고의 화제작!

1~2권 합본 | 이용훈 지음
3~4권 합본 | 이용훈 지음
5~6권 합본 | 이용훈 지음
용어 해설 | 이용훈 지음

수험생 기본 필독서
만화 공인중개사

제목 : 만화공인중개사 쓰신 분에게 감사드립니다.

학원을 두 달 다녔어요. 근데 과연 그 숫자 외우기 그런 게 몇 문제나 나올까 생각을 했어요.
아니라는 생각이 드네요. 학원강의를 뒤로하고 서점을 갔어요. 내 머리에 가장 이해될 수 있는
책이 없나 하구요. 거기서 만화를 발견했어요. 무조건 세 번 봤어요. 3개월 걸렸어요. 문제집을 보라고
했는데 그건 시행을 못했어요. 근데 합격을 했네요.
어떻게 감사의 말을 해야 될지…….
도서관에서 만화책 들고 다니니까 사람들이 비웃더라구요. 만화책으로 공인중개사를 공부한다고
미친 사람처럼 보더라구요. 근데 그거 다 감수하고 했던 내가 자랑스럽습니다.
어떻게 감사의 말을 해야 할지… 정말 감사합니다.
부디 행복하세요. 제 나이 41살에 좋은 스승을 만난 것 같습니다.
엎드려 감사드립니다.

-본사 홈페이지에 독자분이 올린 메일 中에서 발췌-